九十路《ここのそじ》を楽しむ

―今古(きんこ)もじり和歌集―

佐藤きむ

津軽書房

九十路《ここのそじ》を楽しむ

―今古(きんこ)もじり和歌集―

《コロナ禍中お見舞い》　２０２１年

立春の日のご挨拶

コロナ禍中お見舞い申し上げます。

「冬ごもり」に「コロナごもり」で閉じこもっているうちに、新しい年もひと月が過ぎてしまいました。いかがお暮らしでいらっしゃいますか。

年のうちに春は来にけりひととせを去年《こぞ》とやいはむ今年《ことし》とやいはむ

この歌は、〈年内に春が来てしまった。昨日までのこの一年を今日からは去年と呼ぶのだろうか。それともやはり正月を迎えるまでは今年と言うべきだろうか。〉という『古今集』の最初に載っている在原元方《ありわらのもとかた》の歌です。

旧暦の元日の後に立春の来る年が多いのですが、太陽の周期に合わせる立春と、月の周期に合わせる旧暦との間には、時間的なずれがありますので立春が先になる年もあります。

去年がそうしたずれを調節するための閏月《うるうづき》のある年でした。旧暦の4月が2回ありましたので、旧正月は、まだこの先2月12日です。

何の目的もなしに我が家の旧暦が記されている暦をぼんやりと見ていましたら、この在原元方の歌を思い出しました。そして、昔は正月を迎えるというのは、年齢が1歳加わることでもあったのですから、この歌には、元方の加齢に関する感慨も込められているのだろうかと、ふと思いました。

長寿の祝いは数え年だそうですから、私の学校時代の友人の大部分の人が、今年が卒寿です。元方の歌の替え歌を作ってみました。

年明けて卒寿来にけりひとゝせに何を学んで卒業なのか

去年は閉じこもったまま、何もしないうちに1年が過ぎました。ゆとりだらけで、読書（というほどの本ではありませんが）とパズルに明け暮れる毎日でした。働き盛りには、読まなければならない本に追われて読みたい本までは読めなかったのですが、外出自粛のおかげで、そうした不満を一挙に忘れることができました。

そして気付いたのですが、90歳に近くなって体力も脳力も落ちてしまっても、まだまだ人生は楽しめると思いました。それは何故《なぜ》か。殺戮《さつりく》の争いのない国に生きているおかげです。コロナウイルスで経済社会は大打撃ですが、昭和の戦争時代、国の予算の80パーセントが軍事費だったということを、つい先日高校生の教科書を見せてもらって初めて知りました。そして、子供の頃の生活を思い出して、そういうことだったのだと納得しました。

間もなくコロナウイルスのワクチン接種が開始されるようです。全員が無料。老人の接種順位は優先されるとのこと。何ら生産活動に貢献していない老人をも大切に扱ってくれる平和な時代に感謝しつつ、コロナ終息後の更なる社会のぬくもりを味わわせてもらうまで生き抜こうと、私は、卒寿を迎えた今、体と頭の健康は無理でも、気分だけは明るく健康でありたいと願っています。

忘年会・新年会・宿泊の来訪者ゼロという、例年とは全く違うゆとりだらけの年末年始でしたのに、怠け心が暇な時間を打ち負かして、年賀のご挨拶の遅延・欠礼ということになってしまいました。お会いできる日がなかなか来そうにありませんし、お詫びの気持ちも込めて、立春の日にこの手紙を書かせていただきました。紙屑を増やすばかりで申しわけありません。読んでいただければ嬉しく存じます。

最後に若山牧水の、

幾山河越えさり行かば寂しさのはてなむ国ぞ今日も旅行く

の替え歌を一首。

幾年月過ぎさり行かば楽しさのはてなん時ぞ今日もるんるん

2021年立春の日

自堕落暮らしもまた楽し

コロナ禍中お見舞い申し上げます。

またまた紙屑を増やす手紙ですみません。でも、今回は最初に、私にとって大変嬉しいことのあったお知らせです。

2月24日(水)の陸奥新報「グループ作品抄特集」欄に高校時代の級友、成由(長利)経子《のりこ》さんの作品が掲載されていました。

書初に　双六カルタ　福笑い　子供の正月　遠き昔の

長利さんは高校時代まじめな勉強家で、特に理系が得意でした。私たちの学年で博士号を持つ4人のうちの1人平田(福士)麗子さんと隣り合わせの席で、難しい数学の問題を共に楽しみながら解いていた姿が、今も私の脳裏に残っています。

その数学頭の長利さんが、退職後短歌を勉強されているというのは最近になってから聞いてはいたのですが、こんな素晴らしい歌を詠んでいらっしゃるとは知りませんでした。わずか31文字の中に、名詞を7つも見事に並べているあたりは、数学の順列・組合せが役立っているのでしょうか。

ふと、このリズム感が似ている与謝野鉄幹の歌を思い出しました。

われ男の子　意気の子名の子　つるぎの子　詩の子恋の子　あぁもだえの子

でも、長利さんの歌が鉄幹の歌と違うのは、最後が「遠き昔の」と「の」で終わっています。情緒的な歌が、いっそう暖かく余韻を残しているように思いました。普通だったら「遠き昔の子供の正月」と、詠んでしまいがちなところです。

長利さんの短歌が新聞に掲載されていた2月24日は、旧暦ですと1月13日、小正月の2日前でした。時期が時期だけに、特別心に染みました。私が独り暮らしを始めて19年目、年越しや正月の行事を年々省略して、いつからかほとんどゼロに近くなりました。それでも、我が家に定期的に集まっている後輩の女性たちに、1月には鱈のジャッパ汁、旧の小正月の頃にはカエノ汁ぐらいは食べさせていたのですが、今年はコロナの件もあって、それもなし。普段と同じカラポネヤミの生活のまま、3月になってしまいました。鉄幹の款で替え歌を作れば、

われ老婆　朝寝にパズル　雑読と　勝手気ままに　生き過ぎの婆《ばば》

といったところです。

長利さんの歌が載っていたページの裏面に「いいね『猫まんま』」という見出しの記事があって、「手軽さ魅力スープかけご飯」3品のレシピが紹介されていました。私が常食にしているもののレシピが、新聞に掲載されているのを見て、思わずニンマリしました。猫まんまは、食べた後の片付けも簡単、猫より多いのは匙だけです。スープならぬ水かけご飯ともなると、洗剤も不用。これがまた夏の暑いとき、塩鮭に茄子の一夜漬けで水かけご飯というのは絶品です。

栄養のバランスのとれた健康食を、嫁さんや娘さんに日に三度、毎日食べさせてもらっている〈われ老婆　昨日洋食　今日和食　上げ膳据え膳　ぜいたくな婆《ばば》〉という幸せな方、猫まんまを食べてみたかったら、サトキン食堂にどうぞ。

暦は3月ですが、まだ当分寒さは続きます。どうぞ御身ご大切に。外出自粛の生活で楽しいことの少ない日々ですが、私たち老人が、ストーブのそばで寒さ知らずで閉じこもっていられるのは、平和な時代に生きていればこそです。先週2月26日、昭和の2・26事件のことがマスコミに全く取り上げられていなかったこと、ミャンマーのクーデターが延々と続いていることなどから、つくづくと平和のありがたさが身に染みました。私たちの親の世代は、いつ自分に、いつ自分の夫や息子に、召集令状が来るかと、どんな気持ちで毎日暮らしていたのでしょうか。今の私たちが、いつ自分にウイルスが襲ってくるかとコロナの感染を恐れているような、そんなものではなかったはずです。

私たちの周囲には、心をあたたかくしてくれるものが、たくさんあります。明るい笑顔で、春の到来とコロナウイルスの退散を待つことにしましょう。

2021年3月4日

追伸　終日家に閉じこもって、パズル・テレビ・雑読の毎日を過ごしていますと、パソコンが「オレの恩義を忘れたか。たまには文字も書け！」と怒るものですから、またまたつまらぬ手紙を書いてしまいました。書いたのは10日も前ですのに、しかも全く暇な毎日ですのに、投函が今日になってしまった原因はただ一つ、私のカラポネヤミです。お付き合いいただき感謝いたします。14日午後

春のお月見

コロナウイルスの攻勢が、日ごとに激しくなっております。つつがなくお過ごしでいらっしゃいますか。

目に見えない敵に翻弄される人間社会とは無関係に、暖かな春が今年もやってまいりました。特にここ一週間ほどは心地よい日差しの日が続いております。27(土)日の夜、前日に引き続いて東の空にまん丸いお月様が昇っているのを見て、旧暦を確かめましたら2月15日でした。私が記憶している数少ない歌の中に、西行《さいぎょう》のこんな歌があります。

願はくは　花の下にて　春死なむ　そのきさらぎの　望月《もちづき》のころ

願うことは、桜の花の下で春のさなかに死にたいということだ。あの釈迦入滅の日、2月15日の満月のころに。

「きさらぎ（如月）」は陰暦2月、「望月」は満月、たまたま私の目を引き付けた3月27日の夜のお月様は、西行の歌の「如月の望月」だったのです。月夜だろうと吹雪の夜だろうと、冬の夜はカーテンを閉じて夜空を見ることのなかった私にとって、本当に久しぶりに見る感動的なお月様でした。春のおぼろ月も秋の名月も、私の老化した視力では同じようにしか見えませんが、それだけに、私の目に映った輪郭のはっきりとしない満月は、「花の下にて春死なむ」と詠んだ西行の心に、これまでよりも一歩近づけてくれたような気がします。

お釈迦様と同じ日に死にたいなどと、不信心な私が、そんな途轍《とてつ》もないことを考えることはもちろんありませんし、花の咲く季節に死にたいという望みもありませんが、お月様だけは、なぜか親しみを感じます。働いていた頃は、夜も仕事に追われて月を眺める余裕がありませんでしたが、今は心行くまで月見ができて、私の老いの幸せの一つです。

この次の満月は4月26日。弘前は、ちょうど百花繚乱の時です。桜まつりはいろいろ制限があるようですが、月見はコロナウイルスと関係ありません。ほのかに漂う花の香りを感じながら、24日の十三夜の頃からお月様を眺めてみませんか。十五夜から一日一日と細っていく下り月を眺めるのも、ちょっと神秘的な感動を覚えます。

・十六夜（いざよい）「いざよう」は「ためらう」という意味です。十五夜よりもやや遅れて、ためらいながら出るというのが語源だそうです。

・十七夜（立待月《たちまちづき》）月の出の遅れていく時間は1日約50分、位置は東へ約12度ずつずれていきます。17日の月は満月の夜よりもおよそ1時間40分遅れるわけで、縁先に立ったり庭に出たりして月の出を待つことから「立待月」といいます。

・十八夜（居待月《いまちづき》）更に50分遅い十八夜ともなれば、立って待ったのでは疲れてしまいますので、座敷に座ってゆっくり待つのが「居待月」です。

・十九夜（臥待月《ふしまちづき》・寝待月《ねまちづき》）昔の人は寝るのが早い。十九夜の月が出るまで起きてはいられません。床に入って臥しながら寝ながら待つというので「臥待月」「寝待月」です。

・二十日月（更待月《ふけまちづき》）20日の月が半月《はんげつ》に近い形で昇ってくるのは、もう夜更けの時刻なので「更待月」といいます。

私が初めてゆっくり月を眺めたのは、21年前の夏でした。それまで、夜ごとに丸に近づいていく上り月には「三日月」しか名前がなくて、細っていく下り月にだけいろいろ名前があるということについて特に疑問を持ったことなどなかったのですが、非常勤で働いていた67歳の晴天に恵まれた夏休み、毎晩のように月を眺めて、昔の人が下り月のほうに趣深い呼び名を付けているのも、なるほどと納得できるような気がしました。

それから20年、一昨夜は半円に近い二十日月（私にとっては「寝ながら月」です）を、満月よりも時間をかけて夜明け近くまで眺めました。

『小倉百人一首』に、

月見ればちぢに物こそかなしけれわが身ひとつの秋にはあらねど

という大江千里《おおえのちさと》の歌がありますが、余暇いっぱいの現代老人には「月見ればちぢに物こそ楽しけれ」で、夜ごと違った形の月をちらっと見るだけでも幸せな気分になれます。興味のある方お試しください。

今回は、だらだらお月様のことを書き連ねてしまいました。次回は、明るい話題を見つけたいと思います。
最後に、皆さんとの再会を楽しみに西行の歌の替え歌を一首。

願わくは　ワクチン終えて　夏逢わん　青葉の風の　涼やかなころ

2021年4月3日

文月（ふみづき・ふづき）に思うこと

7月の通信、遅くなりました。

これという用事もなく毎日のんべんだらりと暮らしている私が、どうして今日になってしまったか、コロナワクチン接種の副反応に負けたとでもいうのであれば、それなりに体裁も整うのですが、悔しいことに理由は老化です。しかも、老化したのは、使われる側のパソコンと使う側の私と両方でした。

今は誰も使っていない年代物のパソコンが、いつまでオレをこき使う気か、もう休ませてくれと、時々動かなくなるのを、まあまあそう言わずに頑張っておくれ、今の新しい機械にはお前ほど勤勉なのはいないと、なだめすかして使ってきたのですが、先日、私の扱い方が気に染まらなかったらしくて、書き終わる寸前だったというのに瞬時に画面の文字が姿を消して、何とか呼び戻そうとあの手この手を尽くしたのですが、ついに天の岩戸は開きませんでした。こんなとき、いつも娘が力になってくれているのですが、今回は娘も、タヂカラオノミコトにもアメノウズメノミコトにもなれませんでした。

さすがが脳天気で楽観主義の私も意気消沈して、数日間パソコンから離れてしまい、ようやく今夜、気を取り直して書き直しています。

まず、季節の歌から、

蚊帳のなかに放ちし蛍　夕さればおのれ光りて飛びそめにけり　**斎藤茂吉《さいとうもきち》**

＊夕されば＝夕べになると。対義語は朝されば。

＊おのれ＝ひとりでに。自然と。

現在発行されている中学校の国語教科書（光村図書2年）をめくっていましたら、「季節のしおり　夏」のページに、この歌が載っていました。

懐かしい夏の風景ですよね。一時影を潜めた蛍も近年数が増えて、足さえ運べば見られるようですが、蚊帳は、昭和時代劇の夏の風物になってしまいました。でも、私は夏になると、毎年、敗戦の年の蚊帳の夜を思い出します。
当時のことを斎藤茂吉の歌の替え歌で表現すれば、

蚊帳のなかに着たままに寝て朝されば　無事でよかったと飛び起きにけり

といった状態でした。

青森市が最初にアメリカ軍の艦載機の爆撃を受けたのが7月14・15日、その時以来、夜間の空襲に備えて寝巻きを着たことがなかったのです。それでも、28日のB29爆撃機襲来で青森市内が焼け野原と化すまでは、電灯に黒い覆いを掛けて暗いながらも、縁先には配給された蚊取り線香を焚き、広い寝室いっぱいに蚊帳を吊って、手足を伸ばして寝ることができました。B29が投下した焼夷弾で家を失ってからが大変でした。焼け残った親戚の家に避難して、日が暮れると炉に木片を燻《いぶ》して蚊の攻撃を防ぎ、寝るときは一つ蚊帳の中で大勢の被災者がひしめき合って寝ました。茂吉の蚊帳の中には蛍が品よく光っていますが、当時の私の蚊帳の中は、シラミがうようよしていたのです。

汚い話になってしまいました。すみません。

7月のもう一つ忘れられない日は7日です。

覚えていらっしゃるでしょうか。15年戦争の第2段階日中戦争の始まったのが1937（昭和12）年7月7日でした。両親や周囲の大人たちが、支那と戦争が始まった、大変なことになったと話していたのが、記憶に残っています。まだ4歳だった私がなぜ記憶しているかというと、3日前の7月4日が17歳年上の長姉の結婚式で、姉がいなくなってしまうというのが、よほどショックだったのでしょう。その前後1週間ほどの記憶がやたらに鮮明なのです。5歳の時のことは、全く覚えていません。

何が大変なのかと訊く私に、母は、支那という国は日本よりもずっと大きい国で、そんな大きい国と戦争して勝つというのは大変なのだ、ということを話してくれたらしいのですが、「戦争」ということも「国」ということも、4歳の私には分かるはずがありません。ただ、兵隊さんが戦っている危険な戦争が行われている場所は、海の向こうの支那の国であるということは、海を見たことのない私にも、おぼろげながら想像できたようで、とにかく、遠い遠い所の出来事と、幼児なりに理解していたようです。

そして、戦争は自国の領土でするものではなくて、戦場となるのは必ず外国、という4歳の時の知識は、小学生時代もそのまま続いて、そうではないという事実を突き付けられたのは、国内の主要都市のほとんどが焦土と化し、アメリカ軍が沖縄本島に上陸した敗戦間際だったのです。外国まで遠征して戦うのは侵略であり、私たちの世代が子供だった頃の15年戦争は、侵略が目的であったのだということを改めて認識したのは、終戦後、歴史を勉強し直してからのことでした。

「7月7日は何の日か知ってる?」と言っても、私たちの年代でも日中戦争勃発の日だと知っている人は少なくなりました。戦争というのは、一方が加害者で一方が被害者ということはなくて、どっちも加害者でもあり被害者でもあるのだということを忘れてはならないという思いが、7月が来るごとに強く心に浮かんできます。

ということで、暗い思い出を書き連ねてしまいました。でも、現在は?といえば、相変わらずのんびりと平和に暮らしています。茂吉先生の歌の替え歌にすれば、

ひとり身のグウタラばあさん　夕さればおのれいきいき動き始めり

といった具合で、ますます遅寝遅起き、夜が更けるごとに元気になります。「動き始めり」といっても、椅子に座ってテレビ、読書、パズルと、動くのは手だけで、ほとんどネマリストの毎日です。

コロナワクチンは、全く副反応なしに2回目も終わりました。筋肉も柔肌もなしの、骨と皮の間に接種されたのでは、ワクチンも体内を巡れなかったのかもしれません。でも、これで一応コロナでは死なずにすみそうで、老人を大事にしてくれる社会を支えてくれている若い世代に感謝しなければと、殊勝なことを考えたりして、素直なバアサンの気持ちに、今は、なっています。

今日はこれで失礼します。ごきげんよう。

２０２１年7月12日

立秋を迎えて「老い」を想う

コロナ禍のなか季節は移って、この手紙がそちらに着くのは、立秋のあたりかと存じます。

秋来ぬと目にはさやかに見えねども風の音にぞおどろかれぬる　藤原敏行《ふじわらのとしゆき》

立秋の歌となれば、なんとしても一番有名なのは、『古今集』にある「秋立つ日よめる」という この歌だろうと思います。

「秋来ぬ」は「秋が来た」という意味で「秋きぬ」と読みます。（昔「待てど暮らせど来ぬ人を宵待草のやるせなさ」という流行歌がありましたが、この「来ぬ人」は「来ない人」という意味で「こぬ人」と読みます）　この歌で、どんな替え歌ができるかなと考えたら、日ごろの私の様子が、すぐに浮かんできました。

ボケ来ぬと目にもさやかに見えにけり　テレビを見ては居眠りをする

もちろん、この「来」は「こ」ではなくて「き」です。

どうしてテレビを見ると眠くなるのか。内容がつまらないわけではないのです。折角NHKのガイドブックまで購入して予習してある、「青天を衝け」さえ眠ってしまって、土曜日の再放送を見たりしています。

テレビに比べると、読書は眠くなりませんよね。テレビは相手側が一方的に流すだけですが、読書は、自分の意思も入るからでしょうか。読むスピードを速めたり遅くしたりは、読み手の自由。休憩、終了も勝手です。私は、難しい本を読もうという気力が全くなくなってしまいましたので、この頃は、もっぱら子供の本を愛読しています。

ボケ来ぬと目にはさやかに見えねども　読んでる本は児童書ばかり

居眠りせずに本を読んでいれば、「さやかに」というほどにはボケも目立たないだろうと、体裁を気にして替え歌を作っているあたりは、やはり自分のボケが念頭にあるのでしょうか。

毎週見ているテレビ番組の中で、ほとんど居眠りせずに見ているのが月曜日夜の「１００分ｄｅ名著」です。昔読んだ懐かしい本や、読みたいとは思うものの難しそうで手が出なかった本などが登場して、専門家が分かりやすく解説してくれます。

例えば、大分前のことですが、マーガレット・ミッチェルの『風と共に去りぬ』が取り上げられたことがあって、大学生の時にその映画（前後編のかなり長時間の映画だった記憶があります）を見て感激し、小説も読んだことを思い出しました。

何しろ映画を見たのはもう70年も昔のことです。その後私の記憶に残っていたのは、日本とは大違いの、アメリカの豊かさに対する驚きだけでした。アメリカがこの映画を作ったのは１９３９年だそうで、我が国の年号でいうと昭和14年、太平洋戦争が始まる前々年で、もう３年も続いている日中戦争に疲弊して国民は耐乏生活を強いられていました。その時にアメリカでは、あんな豪華な映画が作られていたのだと、戦後輸入された映画を見て驚いたのは私ばかりではなくて、見た人全員が、貧乏な日本が大金持ちのアメリカと戦って勝てるわけがないと、かつての為政者の無謀さを改めて認識させられた映画だったのです。

退職して暇な時間ができたらもう一度読んでみたい本の中に『風と共に去りぬ』もあったのですが、その機会のないままに長編を読む気力が消え失せてしまっていました。

それが「100分de名著」で再会できたのです。あれほどの長編を、週1度25分ずつ4回で、所々に朗読のビデオを挿入しながら、その道の研究者が解説してくれます。何の苦労もせずに『風と共に去りぬ』を読んだ気にさせてもらうことができたばかりでなく、ひとりで読んだのでは気付かなかったことも教えてもらえました。

先月の「100分de名著」は、ボーヴォワールの『老い』でした。『老い』には、自分がその渦中にあるだけに興味はあったのですが、ボーヴォワールについては、サルトルを生涯のパートナーとしながら自由恋愛を実践した哲学者ということだけしか知りません。しかも、『老い』の翻訳書は〈上・下〉2巻で6000円以上ということで、どうも内容も難解なら量もかなり膨大のようです。私の読書力では無理と読むのはあきらめて「100分de名著」のNHKテキストを購入しました。

こちらの筆者は、番組の解説者。『おひとりさまの老後』『おひとりさまの最期』などで有名な東大名誉教授の上野千鶴子氏。平易な文章で書かれていて、定価600円、A5判105ページの小冊子は、番組の始まる前に一晩で読むことができました。

テキストからもテレビからも、ボーヴォワールや上野氏の意見にすべて賛成ではありませんが、テキストの表紙に書かれている「年齢に抗《あらが》わない」「怯《ひる》むことなく、堂々と老いさらばえよ」という、根底を流れている主張には私も全く同感ですし、励まされました。

そこで、冒頭の藤原敏行の替え歌で、今月の通信の結びとさせていただきます。

ボケ来《き》ぬと目にもさやかに見ゆれども　メグサガラズにオジョマズに　生《い》く

＊「メグサガラネ」「オジョマネ」は津軽弁です。

メグサイ＝（形容詞）恥ずかしい　きまり悪い

オジョム＝（動詞）恐れる　尻ごみする

最後に、ちょっと一言。「100分de名著」（現在オリンピックでお休み中）は本を読まずに読んだ気にさせてくれる番組です。出演者は、司会の女性アナウンサー、解説をしてくれる著者についての研究者、聞き手、という3人なのですが、聞き手の役がタレントの伊集院光さんだというのも、私が番組ファンである理由です。

コロナは、ますます蔓延しそう。暑さは、まだまだ続きそう。そうした中で老人は、早々とワクチンを接種してもらい、炎天下働くこともなく、穏やかに暮らせることに感謝したいと思います。8月15日が近いだけに、殊更そう思います。

2021年8月5日

味覚の秋、9月(長月)です

今年も3分の2が過ぎて、もう9月です。

1日の朝、8時ちょっと前に起きて縁側を開けたら爽やかな涼風が入って、部屋の温度計が24度を指していました。つい先日までのあの暑さは何だったのだろうと、何ということなしに日本茶が飲みたくなって、パジャマのまま熱い緑茶を飲みながら、朝のテレビドラマ「おかえりモネ」をゆっくりと見ました。退職後は長いこと寝坊の毎朝だったのですが、朝ドラを見るようになってから少しずつ早起きの日が増えました。特に「おかえりモネ」は、出演者全員が善人で悪役のないのが気に入って、ほとんど毎朝見ています。

ふと気がついたのですが、起きがけにゆっくりと日本茶を飲むなんていうのは、これまでの私の人生になかったことのように思います。こんなことも、老人なればこそできること、老いの幸せを偶然体験できた嬉しい9月のスタートでした。

猛暑の終わった折角の爽やかな季節も、コロナウイルス感染の波が、だんだんと県内も激しくなって、味覚の秋と浮かれているわけにはいかないようです。でも、老人がじたばたしたとて始まりませんし、ネマリストの私にできることから楽しむことにしようと、いつもの気ままな勝手文《かってぶみ》を書き始めたという次第です。

「味覚の秋、9月(長月)です」と題名を打ちながら、はて、「長月」は何と読むのが正しいのだろうと思いました。脳が指に伝えてくれたのは「ながつき」だったのですが、「ながづき」と「つ」に濁点が付くのが正しかったかなという気もしたのです。

常に居間の机の上にあって、私が一番愛用している『新明解国語辞典』を引いてみたら、見出し語は「ながづき」となっていて、

ながづき「陰暦九月」の雅語。（現在では「ながつき」と言う向きが多い。）

と記載されていました。

すぐそばの棚に置いてある『広辞苑』の見出し語は「ながつき」で、

ながつき（古くはナガヅキとも）陰暦九月の異称。

とありました。

ということは、先に「ながつき」が脳裏に点灯した私は、現代の多数派に属していてまだ若いのだなと、ひとりニンマリしました。

ついでに語源を確かめてみようと、専用の書棚に入れて書斎の奥のほうに置いてある『日本国語大辞典』全20巻の1冊を、ヤッコラショと久しぶりに引きずり出しました。昭和時代の発行であるこの辞書も、見出し語は「ながつき」で、説明も『広辞苑』と同じでした。語源は、

① イナカリヅキ（稲刈月）の略、イナアガリヅキ（稲熟月）の略。

② ヨナガヅキ（夜長月）の略。

その他いろいろな説が例文を引用しながら解説されていましたが、普遍的なのは、この二つのようです。

旧暦の月は今の太陽暦の月よりも遅れていて、9月1日は旧暦では7月25日、旧暦の長

月は、まだ1か月先のことです。でも、この頃は稲刈りの時期も早くなりましたし、暮らしの時間帯も日照時間に影響されない時間が多くなって、私たちが普通に使っている「師走」（12月）のように、「長月」が今の暦にも通用して日常語に復活するかも、などと暇に任せてつまらぬことを考えたりしました。

くだらぬことをだらだら書き連ねてしまいました。なぜか私は、昔から「長月」という言葉が好きでした。「葉月」（8月）、「霜月」（11月）と目に見える季節そのものの言葉よりも、秋の夜長の情趣が感じられたのかもしれません。

中学校に勤めていた頃の私にとって、9月の夜は年間通して一番嬉しい夜でした。普段はなかなかページの埋まらない作文ノートに、夏休み中に読んだ本の感想文や長い体験文を書いてくれる生徒が大勢いて、私は毎晩それを読むのが楽しみでした。体験文には思わず吹き出してしまう愉快な作品が多くて、夫も時々盗み見しては、「なんぼ面白い作文だな」と、私と一緒に喜んでいたのも懐かしい思い出です。

次の短歌は、そうした夏休み中の作品で、2年生のFクンが作ったものです。

夏休み何もしないで家のなか猫をいじめて夕焼け小焼け

この短歌を授業時間に彼自身が発表した時は、笑う声と拍手で教室が湧き返って、私の記憶に今も鮮明に残っています。休みの日、やろうと思っていたことはあるのだが、全く何もせずにぶらぶらしているうちに一日が終わってしまったという経験は、大抵の大人も持っているのではないでしょうか。

この学年の生徒たちは、夏休みの前に、教科書に載っていた北原白秋の歌、

石崖に子ども七人腰かけて河豚《ふぐ》を釣り居《お》り夕焼け小焼け

を学習していました。この短歌は、白秋の作品のもう一つのジャンルである童謡と通じるものがあって私の好きな短歌なのですが、特に、真っ赤な夕焼け空の美しさが童謡の世界を際立たせているように思います。

Ｆクンは、きっとこの歌の結句「夕焼け小焼け」が念頭にあったのでしょう。

でも、Ｆクンの「夕焼け小焼け」には、童謡の世界とは違った「一日が終わってしまった」という時間の経過や「勉強しなかった」という反省も含んだやるせない気持ちが表れていて、こういうのこそ中学生らしい作品だと感動させられました。

白秋の歌を、今の私の暮らしに当てはめて替え歌を作ってみました。

縁側にバアサマひとり腰かけてパズル楽しむ夕焼け小焼け
キッチンにバアサマひとり腰かけて何を食べよか夕焼け小焼け

カラポネヤミの私の毎日は、相変わらずそんなところですが、これまでの人生でやったことのないことを、一つぐらい死ぬ前にやってみようと、先ごろ殊勝なことを考えました。

縁側にバアサマひとり腰かけて着物ほどきたり夕焼け小焼け

和服をほどいたのは初めてで、プロの職人さんの腕に感心しながらほどいていたら、お昼過ぎから始めたのが、あっという間に夕方になっていました。小紋の着物を何に変身させるか、決めてはいるのですが、取りかかるのは先になりそうです。

私の好きな9月も今年の9月は、パラリンピックが閉幕の後は、コロナに加えて政界の濁流が渦巻きそうです。コロナの感染蔓延や自然災害の増加で、国力が衰えて生活レベルが低下するのは我慢しますが、為政者は平和だけは死守してほしいと熱望します。

アメリカの同時多発テロ事件のあったのも2001年の9月11日でした。事件後の「対テロ戦争」はアメリカの自由デモクラシーを逸脱していると批判されるなかで、地球各地のたくさんの人々の平穏な生活を奪ってきました。今ニュースに取り上げられているアフガニスタンの問題も、その一端です。

さすがカラポネヤミの私も、今年の9月は、

今日もまた何もしないで家のなかお茶とお菓子で夕焼け小焼け

というようなことはせずに、しっかりと新聞を読んで、選挙の一票に備えるつもりです。まだ子供だったとはいえ、戦争の愚かさを肌で感じ取っている貴重な世代の一人ですから。

願わくは、

長椅子に老女数人腰かけて楽しくおしゃべり夕焼け小やけ

の日の早からんことを。

２０２１年９月６日

佐野ぬいさんが来弘されました

今日は嬉しい報告です。

9月30日(木)、佐野ぬいさんが弘前においでになりました。

今月1日から弘前れんが倉庫美術館で「りんご前線—Hirosaki Encounters（遭遇）」という、弘前にゆかりある画家の方々の展覧会が催されていて、開幕前日の報道陣向けの内覧会に、出展作家として招聘されたのです。

その内覧会に、吉沢秀香さんと私も招待されたのですが、美術館の方が佐野さんの出番の合間に歓談できる部屋を用意してくださり、津軽弁の飛び交うひとときを3人で楽しむことができました。

そこで今月の替え歌ですが、石川啄木に

友がみなわれよりえらく見ゆる日よ
花を買ひ来て
妻としたしむ

という歌があります。これを借用して、内覧会場での私の感慨です。

友ふたり　われよりはるかえらい人　オジョムことなく思い出語る

（「オジョム」という津軽弁は、今はもう死語ですが、「尻ごみせずに」などというよりもドンピシャリのような気がします」）

内覧会当日のことは、1日の新聞に大きく出ていましたので、ご覧になった方が多いかと思いますが、車椅子に乗っておられたので驚かれたかと存じます。弘前に行くことになったという電話を佐野さんからいただいたときに、9月に入ってすぐに足を手術したので車椅子で行くということを伺って、骨折でもなさったかと心配したのですが、会って詳しく聞いたら、足の動脈にステントを入れて血管を拡張したのだそうです。それでしたら、昨年1月私も同じ手術をして大したことがなかったので、ほっとしました。入院の日数も、2人とも同じ5日間です。ですが、退院後の療養の真面目さは、佐野さんと私とでは大違いで、私は退院直後から遊び歩いていました。佐野さんも間もなく車椅子を卒業できるでしょうが、どうぞこの後も、私のような無茶をなさらずにお大事になさってください。

「りんご前線」の展覧会の会期は、来年1月30日までだそうです。雪の季節の前に、ぜひ足をお運びください。あの天井の高いレンガ造りの美術館の壁面に、37点もの力作が空間をたっぷり取って並んだ風景は圧巻です。１００号、１５０号という大作のこれほどの数を一堂に集めたのを見るのは初めてで、何にどう感動しているのか分からぬままに胸が高鳴りました。

ずっとむかし若かった時に、佐野さんが「青」について話してくれたことがありました。青い色というのは、自然界には存在しない不思議な色で、特に食べ物には全くない。海の水が青いのは空の色が映って青いのだし、海の青も空の青も、手に取ることは絶対にできない。そうした神秘的なところに私は引き付けられたのだと思うと、おっしゃったのです。その言葉は私の脳裏にしっかりと刻み込まれて、佐野さんの絵を見るたびに思い出されました。そして、いつからか若山牧水の歌

　白鳥《しらとり》はかなしからずや空の青　海のあをにも染まずただよふ

と私の頭の中に共存するようになっていたのです。

牧水の歌は、空と海の色の違いを「青」「あを」と漢字と平仮名で表現していて、具体的な色は読む人の想像に任せられていますが、「佐野ブルー」は、濃淡、明暗、様々の色彩で直接私を楽しませてくれました。

絵の世界と文学の世界との違いを知るきっかけを、私は佐野さんと佐野さんの絵から教えてもらったのですが、今回の展示会は、私が今まで気付かなかったことをたくさん心の中に注ぎ込んでくれました。

なぜ長い間、私の脳裏に佐野ブルーと牧水の青が同居していたのか不思議です。牧水の

白い鳥は、空の青にも海の青にも染まらずに漂う、孤独な白い鳥です。一方、佐野さんは、ご自分の制作活動ばかりでなく、ずっと大学で後進の育成に励まれ、常に周囲から吸収したものを昇華させて、佐野ブルーの彩りを豊かにされました。今回、年代順に展示されている作品を見て、最も感動的だったのは、佐野ブルーが時間の経過と共に絶えず変化し続けてきたということです。新しいものほど明るい色彩というのも、佐野さんと同じ年数を生きてきた私にとって、大変嬉しいことでした。

特に、この展示会のために描いたという最新作0号12点の小品は、微妙に違う様々の青い色が明るく爽やかで、佐野さんが痛む足を抱えながら、こんな穏やかな12点もの絵が描けたのは、一筋に歩み続けた長い道のりがあったからこそなのだと、これまでとは違った感動を覚えました。

「もう大作に挑むのはやめて、この小さいのにしなさいよ。足に負担をかけずに描けるじゃない」と勝手なことを言う私に、佐野さんは言いました。

「描きかけたままになっている大きいのがあるの。それだけは、どうしても描き上げたい。足がもう少し元気になったら頑張るつもり」

えらい！　さすがぬいチャン！「足はダメでも手があるさ」と、その手で終日、テレビのリモコンを操り、パズルを楽しんでいるネマリストの私とは大違いです。

一日も早いご快復と大作の完成を、お祈りいたします。

私の好きな小学生向けの童話に『車のいろは空のいろ』（あまんきみこ）というのがあります。松井五郎さんという運転手さんのタクシーは、現実の世界から知らず知らずのうちに幻想の世界へと読者を連れて行ってくれます。そのタクシーの色が空色なのです。今は、空色に近い車を見たりすることもありますが、この本が初めて出たのは１９７０年代ですので、空色の車なんていうのはありませんでした。その実在しない色の車の物語はファンタジー作品にぴったりで、子供たちの想像の世界を膨らませてくれました。

最近、質的にも量的にも重い本は読む気力が消え失せて、児童書のファンになりました。佐野さんの絵を見た後で『車のいろは空のいろ』を読み返したら、老人でも、こんなにファンタジーの世界を楽しませてもらえるのだと改めて感激しました。
10月4日、新しい内閣がスタートしました。今月は、啄木の歌の替え歌にしましたので、最後にもう一首、啄木の、

新しき明日《あす》の来るを信ずといふ
自分の言葉に
嘘はなけれど

の替え歌で締めくくらせていただきます。

新しき明日の来るのを信じます
総理の言葉に
嘘がなければ

2021年10月8日

閉じこもりから脱出しました

月見ればちぢに物こそかなしけれ　わが身ひとつの秋にはあらねど　大江《おおえの》千里《ちさと》

晩秋の月を見ると、「小倉百人一首」のこの歌が脳裏をよぎるのですが、今年もその季節になりました。

いかがお過ごしでいらっしゃいますか。

千里の歌を、数年前に亡くなった昭和7年生まれの詩人吉原幸子さんが、こんな口語自由詩に訳しています。

冴えわたる　秋の月
眺めやれば　数限りない思いが湧いて

ひたすらに　ものがなしい
唐土《もろこし》の　韓《から》の　大和の月
来《こ》し方の　いまの　ゆく末の月

この秋は　地上なべての秋
けっして　わたしひとりにだけ　訪れたわけではないのだが

この身ひとつの思いでさえ
これほどに重く
胸ぐるしい

秋が深まりますと、年を取るにつれて侘《わひ》しさが身に染むような気がするのですが、今秋の津軽が天候に恵まれたのと、最近はコロナ禍も落ち着いてきたことで、今のところ私は、日ごとに衰える体力も思考力も気にせずにノホホンと暮らしています。

コロナ禍発生以来、催し物には一切参加していなかったのですが、先月30日、初めて劇団弘演の公演に出掛けました。久し振りに思いきり大きな拍手をして元気が出ました。演目が「二十二夜待ち」というのも、私に懐かしい昔を思い出させてくれて、心温まるひとときでした。

旧暦の22日、あるいは23日の深夜、半月《はんげつ》の月見をする会が日本各地にあったということをご存じでしょうか。その事を私が知ったのは、20数年前、60代後半になってからでした。当時の岩木町公民館から文学教室の仕事を依頼されていた時に、参加者の方たちから、一《いっ》町田《ちょうだ》集落に「二十三夜さま」という伝統行事が今も残っているということを教えてもらったのが、きっかけでした。

農家の女性たちが一日の仕事を終えて家族が床に就いてから、それぞれ手作りの食べ物を持ち寄って、旧暦23日の遅い月の出を待つのだそうです。満月の夜からですと6時間以上も遅れて出る半月を眺めながら、おしゃべりを楽しむ農村地帯の女性たちの貴重な社交場でした。近年は、月を待たずに早い時刻から、こんな掛軸を拝んで始めるのだと、半月を描いた軸を見せてもらったのを覚えています。

それから間もない年の秋、岩木橋の近くの樋の口で生まれ育った知人に、地区の集会所での「二十三夜さま」に連れていってもらったのですが、その時の会合が、樋の口の最後の「二十三夜さま」になったということを、ついこの間聞きました。一町田でも、同じ頃幕が降ろされたようで、残念ながら、「二十三夜さま」に仲間入りさせてもらった私の経験は、一度だけで終わりました。

今回劇団弘演が上演した「二十二夜待ち」は、「夕鶴」で有名な木下順二の脚本で、こんなあらすじです。

22日の夜、村はずれのお堂で、村の女性たちが月の出を待ちながら宴会をしている。家族が寝静まってからとはいっても、幼い子供がいたのでは出掛けられない。おのずと集まるのは年寄りである。貧乏な藤六の婆さまも、仲間に入れてもらって大喜び。飲めや歌えの饗宴は、夜明けまで続くはずだった。

ところが突然、刀をちらつかせた「ならずもの」が乱入し、皆はこそこそ逃げ帰ってしまい、ちょうど婆さまを迎えに来た藤六と婆さまだけが「ならずもの」につかまってしまう。

そして、3人一緒にお堂で一夜を過ごすのだが、婆さまに孝養を尽くす藤六の姿を見て、「ならずもの」の心も次第に穏やかに変化していった。夜が明ける頃には、「おらも戻るか。久しぶりに親どもの顔を見とうなった」と言わせるまでになって、最後は「おおい、婆さまよう、達者で暮すんだでェー。ええかァー、二人とも達者で暮らすんだでェー」というセリフで終わっている。

伝統行事には、人の心を育む要素の含まれていることが多いのですが、二十二夜の行事を材料に、ほのぼのとした民話に創り上げた脚本の舞台は、私にとって本当に嬉しく感動的でした。

それから4日後の文化の日、県民文化祭オープニングフェスティバルに行ってきました。何年ぶりかの津軽三味線や手踊りなど、いろいろな芸術の世界をタダで楽しませてもらいました。

吉澤秀香さんの揮ごうは、今回も見事でした。これまでも、八畳間ほどもある大きな紙に、墨をどっぷり含ませた重さ20キロもの太い筆で一気に書き上げる姿は、たびたび拝見する機会がありましたが、今回は、なんと、あの広い市民会館の舞台の上に、縦5・3メートル、横2・3メートルの紙を広げて、「塞翁馬」の三文字を書かれたのです。何という文字が現れるかとわくわくしていたのですが、舞台の正面に高々と掲げられた作品を見た瞬間、今のこの時期にぴったりの文言で、コロナ禍で落ち込んでいる人々を励ます言葉を選ばれた秀香さんに、思わず歓声をあげて拍手していました。秀香さんの書の道は、私の真似できることではありませんが、体力の維持と和服をきりりと着るみだしなみは、ほんの少しでも学んで身につけたいと帰りの車の中で殊勝なことをふと思いました。でも私には到底無理と、思っただけですぐにあきらめました。今日もシブタレダ(くたびれた)格好でネマリストの一日です。

ところで定番の替え歌ですが、最初に記した大江千里の歌の替え歌。

月見ればちぢに過ぎし日思い出す　夫と語りし夜空の不思議

夫の退職後も私はずっと仕事を続けていましたので、二人でゆっくり話せるのはほとんど夜でした。私は月に関する科学的な知識に疎くて、訊いては忘れ、忘れては訊いた月の夜が、懐かしく思い出されます。

大江千里の春の月を詠んだ歌に、

照りもせず曇りも果てぬ春の夜の　朧月夜にしくものぞなき

というのがあります。残りわずかの人生を穏やかに過ごしたいという願いをこめた替え歌で、今月の定期便を終わらせていただきます。

照りもせず曇りも果てぬわが暮らし　朧月夜の明るさに似て

２０２１年11月６日

追伸　今、弘前市立博物館で徳川家ゆかりの着物の企画展が行われています。それに関連して、故吉井千代子さんの遺品のコーナーが設けられていて、その中に吉井美枝子さんの花嫁衣裳や花嫁姿の写真が展示されていると、葛西やすさんから連絡がありました。11月14日(日)までだそうです。

弘前れんが倉庫美術館での佐野ぬいさんの展覧会の期間は、来年1月30日(日)までです。

コロナ禍も穏やかになりつつあるようですし、どちらも〈密〉な会場ではありませんので、懐かしい方もいらっしゃるかと思いお知らせいたしました。

「たかみ会」のランチ会が行われました

久しぶりマスクはずしてランチ会　老婆の胸に夢よみがえる

11月29日(月)、長い間休んでいた佐和家での昼食会が開かれました。コロナ禍が始まって昼食会もしばらく中断と、最後の集いとなったのが昨年2月16日、もう2年近くも前のことです。その後、コロナウイルスの活動が一時下火になった時期を捉えて、9月18日にキャッスルホテルに一度だけ集まったのですが、その時からでも1年以上たちました。

青森県のコロナウイルス新規感染者ゼロの日が、連続10日を過ぎた11月中旬、そろそろ集まってもいいかなと思い始めていましたら、新たな変異株「オミクロン株」が出現。水際対策をどんなに厳重にしたとて、やがて国内に侵入するのは必定、ランチ会をやるなら今のうちと思いました。コロナ禍の間に、亡くなった方、介護施設に入った方もあって、私自身、たとえ命あっても会合に出られるのは残る回数わずかという気がしていました。

急遽《きゅうきょ》、今がチャンス、集まろうということになって、お天気の週間予報を勘案しながら29日に決定。26、27日にランチ会の常連だった人たちに連絡をした後は、ひたすらコロナと天気の無事を祈りました。同期会やクラス会の開催日を決めるのに、台風ならいざ知らず、雨や気温が大事な条件なんて、若い時にはかけらほども考えたことがありませんでした。28日夜のローカルニュースで、県内コロナの新規感染者なし、翌日の天気予報は終日曇りということで、ほっとしました。

そして、当日、なんと11人もの人が集まったのです。60代から始めた月2回の昼食会も、80代に入ってからは参加者が次第に減って、コロナ禍前年の一昨年は、10人以上というのは2回だけ、6～8人というのが普通でした。

それが、今回は11人だったのです。しかも、皆さん、前と変わった様子が全くなくてすこぶる元気。杖をついてヨタヨタしているのは、私だけでした。もっとも、元気な人だけが外出可能なのですけれども。

　旦那さま健在なのは市川（秋元）スミさんだけで、あとの10人は、古い言い方で言うならば《未亡人》。「ジコ（爺）、ズーット。ババ（婆）、万歳」という津軽弁の格言を考えた人は大した人物だと、改めて認識しました。

　近況報告も相変わらず賑やかです。歯科医院を経営している息子さんと一緒に暮らしているNさん、今回不参加なので、私が「毎朝まだ若い人たちが寝ているうちに息子さんの仕事場を全部掃除するんだってよ」と、電話で聞いたことを伝えたら、「それは、息子さん夫婦のほうが偉い。生甲斐をなくしないように、やらせてあげているんだ」と、娘さんの家族とはスープの冷めない距離で気ままに暮らしているSさんが、すかさず合いの手を入れました。

　食欲も皆さん旺盛で、ほとんどの人が20品目もある８５０円の定食には目もくれず、豪華な和食弁当や、なかには１７００円の松花堂弁当を頼んだ人もあったりして、かなりのボリュームを皆さんペロリと完食したのは立派でした。さすがその夜は、夕食をカットしたり量を減らしたりしたのではないかと思うのですが、毎日3食、お嫁さんに健康食を食べさせてもらっているKさんは、お昼に外食した夜には、特に言わなくても、お嫁さんが少なめに盛り付けてくれるとのこと。炊きたて御飯のときは卵かけ御飯に塩辛か佃煮、残り御飯のときは永谷園のお茶漬け海苔に焼鮭かメンタイコが定番という私にとって、Kさんは垂涎のお姑さんです。

20年も不健康な食生活を続けている私こそ、みんなと一緒の楽しい会の時にはご馳走を食べるべきなのに、私が注文したのは、850円の鮭のハラス定食でした。しかも食べ残したら悪いと思い、最後はポットのお茶をかけて無理矢理胃袋に流し込む始末。日ごろの粗食が習慣化して、いざという時にエフリ（いい格好）しようと思っても駄目ですね。

最初のもじり歌の元歌を書かないままに、ここまできてしまいました。

しばらくは三間《みま》うちぬきて夜ごと夜ごと　子らが遊ぶに家わきかえる　伊藤左千夫《いとうさちお》

これが元歌です。私はこの歌が好きで、若い頃の私の暮らしと結び付けては昔を懐かしんでいます。私の夫は5人兄弟の長男でしたので、みんなまだ若かった頃、毎年夏休みには首都圏在住の兄弟たちが帰省して、我が家は大賑わいでした。子供たちも従姉弟同士の交流が楽しみだったようで、昼はドライブ、夜は襖《ふすま》を取りはずして三間うちぬいた部屋を走り回っていました。今は、三間のうちの一つは物置、一つは物が雑然と積まれて狭い空間に食卓と小さなテレビのある居間、もう一つの床の間のある座敷は、床の間には本や書類が山積みされ、畳の上にはパソコン台と机が2つ（一つはマージャン台兼用）、さらに物の置場と化しているテーブルがあるという仕事場に変わり果てました。「子らが遊ぶ」なんてとんでもない。満2歳のひ孫が来ても歩き回ることもできない状態で、来訪を拒否しています。

東風《こち》吹かばにほひおこせよ梅の花　あるじなしとて春を忘るな　　菅原道真《すがわらのみちざね》

有名なこの歌を元歌に、今月のもじり歌をもう1首。

雪降らば思いおこせよ師走八日　平和の世とて戦忘るな

11月30日夜、三沢基地の米軍戦闘機が燃料タンクを深浦町内に投棄した問題について、その後の経過が1週間以上連日報道されています。何はともあれ、間一髪で人命に関わる大事から逃れられたのは幸いでした。

たまたま12月8日が近かったということもあって、戦時中、日本が中国や東南アジアなどを占領していたときも、これに類した出来事が、きっとあったのだろうと思いました。まだ子どもだったとはいえ、昭和の15年戦争のほとんどの期間を生きた者として、いろいろと考えさせられた今回の事件でした。

どうぞお健やかに、よいお年をお迎えください。

2021年12月12日

《もじり歌通信》　２０２２年～２０２４年

第1号

寒中お見舞い申し上げます

新年早々、たくさんの方からご年賀を頂戴し、ありがとうございました。当方は、一日24時間すべて余暇でありながら、働いていたころの悪習慣がまだ身に付いていて、年が明けてから書き始める始末、松の内を過ぎてから配達された方、失礼のままになってしまった方もあったかと思います。お詫び申し上げます。

今年もまた、勝手ながら月例の通信を送らせてください。読んでくださるという方が、今のところ何人かいらっしゃるので、これもまた、現役時代、一人でも二人でも読んでくれる生徒があれば満足と、学習資料を印刷し続けた癖が抜けきれず、つい皆さんに送ってしまいます。どうぞ遠慮なく破棄してください。

昨年は、『小倉百人一首』の歌などの短歌の替え歌を材料に、月一度お届けしてきましたが、今年もそのまま継続ということにさせていただきたいと思います。

通信のスタートは、高校同期会の月2回の昼食会がコロナウイルスの感染拡大でできなくなり、交流の場がなくなって寂しいという何人かの人たちに、葉書を時々送ったのが始まりでした。それが、弘前周辺ばかりでなく「たかみ会」の皆さんにだんだん広がって、最近は高校とは関係なく、いろんな場で知り合った方にも近況報告の代わりに送らせてもらっています。

そんなことで今回から《もじり歌通信》という題名にしました。よろしくお願いいたします。

コロナ禍の中、皆様どんなお正月を過ごされましたか。

昨年春の通信に、陸奥新報の「グループ作品抄特集」欄に掲載された成田(長利)経子《のり》さんの短歌

　書初に　双六　カルタ　福笑い　子供の正月　遠き昔の

を紹介しましたが、子供も大人も、正月の過ごし方が全く変わってしまいました。私の正

月は、姑伝来の年越し料理だけは近年まで続いたのですが、今は、経子さんの歌をもじると、

黒豆に　きんとん　なます　ジャッパ汁　昭和の年越し　遠き昔の

といったところです。

年越し料理を食べなくとも、初詣でをしなくとも、年齢は日々増えていきます。年賀状にも書きましたが、私も今秋90代に突入します。

岩波書店の広報誌「図書」1月号に、関川夏央氏(作家)の「晩年とはいつのことか?」という巻頭言が載っていました。

〈昔は若かった。昔の空は青かった。それはたしかに消え果てた。といって、いまが晩年だとは認めない。認めたくない。〉

そうです。

〈人には程度の差はあれ全盛期がある。加齢して回想すれば、全盛期とはあの頃か、あれがそうだったか、と思いあたる。〉

それと同様

〈いつからが自分の晩年だったかは、死ねばわかる。〉

のだそうです。関川氏は何歳なんだろうと調べてみたら、72歳でした。

私は、体の部品のほとんどが耐用年数を過ぎてしまっての90歳ですので、今が晩年だということが分かっています。

ただ、いつからが晩年だったかとなると、はて、いつからだったろうと考えてしまいました。私の夫が亡くなったのは、私が70歳のときでした。定年後も続けていた非常勤の仕事に区切りをつけたのも同じ年で、私は、その年からが晩年だろうと、何となく思い込んできました。

でも、こんなに長生きしては、もう20年も晩年だったということになります。いったい「晩年」というのは、何年間ぐらいのことを言うのでしょうか。私の手元にある国語辞典の中で比較的新しい辞典を開いてみました。

①『広辞苑』第7版（2018年）

一生のおわりの時期。死に近い時期。年老いたとき。晩歳。「——の作」

②『新明解国語辞典』第7版（2012年）

相応の人生経験を積んだ人が亡くなる前の数年間。〔中高年に達しない物故者の生涯について回顧する時にはあまり用いない〕

③『例解新国語辞典』第9版（2016年）

なくなった人の一生で、終わりのころ。用例　晩年の作品

辞典によって微妙に違っていて面白いと思いました。関川氏の「死ねばわかる」というのと一番近いのは、中学生用の③でしょうか。

新年早々暗い話題ですみませんでした。

最後は、晩年とは全く関係のない超明るい話題です。

同封の新聞コピー、地元の方はご覧になった方が多いかと思います。12月末の「東奥日報」です。新聞はカラーなのですが、私の手順の悪さで、カラーコピーは首都圏にお住いの少数の方にだけしか送れませんでした。文字と紙、それと書き終えた後の疲れも見せず、すくっと立っていらっしゃる秀香さんの留袖は、カラーも白黒も同じですのでお許しください。秀香さんの書に失礼ながら

牡丹花は咲き定まりて静かなり　花の占めたる位置のたしかさ　木下《きのした》　利玄《りげん》

のもじり歌で、今年最初の通信を締めくくらせていただきます。

「寅」一文字　書き定まりて静かなり　筆の走りし位置のたしかさ

秀香さん、今年もますますご活躍を！　私たちも秀香さんから元気をもらって、晩年であろうとなかろうと、コロナに負けずに明るく生きましょう。

2022年1月16日

第2号

春立つと暦にあるのは　どこのこと　我が家の庭に雪降り積もる

早いもので新しい年を迎えたばかりと思っていましたら、もう2月、4日は立春でした。このもじり歌の元歌は、

春霞たてるやいづこみよしのの吉野の山に雪は降りつつ　　詠み人知らず

『古今集』に載っている歌です。

我が家に降る雪は、屋根に留まることなく降っては落ち降っては落ちするもので、またたくまに軒先まで雪が積もって、家がすっぽりと雪に埋もれてしまいました。電灯（古めかしい言い方ですが、我が家の照明がこの言葉にぴったりです）を日中も点けっぱなしで、今日もまだカマクラの中での生活です。

立春の日は、オリンピックの開会式でした。スポーツにあまり関心のない私も、ポツリポツリ暇に任せてテレビを見ていますが、競技の見方もよく分からないままに、選手が怪我をしないかとハラハラしてばかりいます。これから私が親になって、子供がスポーツ選手になりたいと言ったらカーリングだったら許可しようと馬鹿なことを考えたりして、メダルを目指して命がけで頑張ってきた選手たちや関係者の方々に申しわけない観客態度です。

この通信を投函するのは、多分11日頃かと思うのですが、2月11日は、国民の祝日の一つである「建国記念の日」です。国民の祝日は「元日」から始まって11月23日の「勤労感謝の日」まで年間16日あるのですが、私は、中学校に勤務していたとき、「建国記念の日」が嫌いでした。その日に日本という国が誕生したことの由緒を全く説明できなかったからです。

『広辞苑』の「建国」の箇所に、〈新たに国を建てること〉という「建国」についての説明のあとに「建国記念の日」が関連語の形で簡単に記載されています。〈国民の祝日の一つ。２月11日。〉そのあとに紀元節の箇所を参照しなさいという意味の〈↓紀元節〉とありましたので引いてみました。

〈四大節の一つ。１８７２年（明治５）、神武天皇即位の日を設定して祝日としたもので２月11日。第２次大戦後廃止されたが、１９６６年、「建国記念の日」という名で復活し、翌年より実施。〉とあります。これでは中学生は納得できません。

私は、前日の私の授業のときに、終わりの時間を少し割いて、「あなたたちには誕生日がある。学校には創立記念日がある。お父さんとお母さんには結婚記念日があって、それが家庭の創立記念日でもある。同じように国にも新たに出来上がった日があるはずだから、遠い昔のことで確かな日は分からないけれども、そういう日を設けて全国民でお祝いしようと定めたのが、建国記念日です〉と言うことにしてきました。

生徒は、先生も自分の考えを言うのが当然と思い込んでいるもので、自信がないままに最後に付け加えました。「ある程度広い地域を統一して国を創るのは、力のある民族でなければできないことであって、新しい国ができる陰には、征服されて幸せを奪われた人たちが必ず居る。大和民族のために北へ北へと追われたアイヌの人たちは、そうした不幸な民族の例であろう。建国記念の日を、世界の歴史の中に埋もれている不幸な人々に思いを馳せる日として、今の自分の生活とつなげて考えてみれば、休日も意味があると思う」というようなことを話して、そこでちょうど終わりのチャイムが鳴って質問の時間がないように、逃げる算段をしていました。

インターネットに掲載されている「校長通信」なども、ほとんどが『広辞苑』と同じ内容です。今の先生たちは、生徒の質問にどう答えているのでしょうか。

今年の旧暦の元日は2月1日で、今の暦とちょうどひと月遅れになっています。それで、この通信がお手元に届くのは、旧の小正月（15日）の頃かと思います。

小正月というと、私には懐かしい思い出があります。その思い出に関連した

東風吹かばにほひおこせよ梅の花　あるじなしとて春を忘るな　菅原《すがわらの》道真《みちざね》

の、もじり歌を一首。

東風吹けば思い起こせり　メゴコらのカパカパの声懐かしきかな

私の子供の頃、農村地帯は旧暦の正月が普通でした。私が小学校3年まで住んでいた金木町も、商店や公共機関などのある地域は新正月、農家は旧正月と分かれていました。私の父は転勤族で新正月派だったのですが、太宰治の生家である津島家をはじめ、新・旧両方を祝う家庭もあったようです。

新正月と旧正月では、子供たちの過ごし方もかなり違っていて、田園地帯に住む子供たちの一番の楽しみは、小正月のカパカパでした。農業地帯の集落ごとの結び付きは子供の世界にも受け継がれていて、年長の子供の統率のもと集団で行動することが多かったのですが、その中でも、カパカパは最大の行事だったようです。

カパカパというのはどんな意味なのか、訊いたり調べたりすることのないまま今になってしまったのですが、てるてる坊主に残り布で作った簡単な着物を着せた、子供たち手作りの人形らしきものがカパカパです。

旧暦1月15日の夕方、集落ごとにまとまった子供たちが様々の手作りカパカパを持って「カパカパ見デケー」と家々を訪れマッコ（お年玉）をもらいます。「カパカパに来した」という挨拶も記憶にあるので、カパカパは人形そのものだけでなく、人形を見せる、見てもらうという広い意味もあるのだろうと思います。

当時の私の住居は斜陽館の近くで、カパカパの行事のある集落とはかなり離れていたのですが、私の家にもいくつかのグループが来ていましたから、活動はかなり広範囲だったのでしょう。私は、同じ学級の子も居るグループにお年玉をあげるというのが何となく面映ゆかったのでしょうか。とうとう一度も出迎えたことがありませんでした。

一軒一軒歩くごとに心の温かくなった子供たちは、仲間のどこかの家に集まって、もらった餅・みかんを食べ、お年玉を平等に分け合って、翌日、一銭店屋での買物を楽しみました。

昔は、子供は集落みんなの子供という感覚が強かったように思います。非常識なことや危険なことなどしているのを見れば自分の子供と同じように叱ったし、反面また、自分の屋敷の生り木《なりき》の実を取っても咎《とが》めたりしませんでした。カパカパは、集落全員の子供たちが貧富に関係なく平等に楽しみ、大人もまた子や孫のあるなしに関係なくお年玉を与える喜びを味わうことができたのです。

この風習は津軽地方あちこちの農村にあったようですが、昭和15年の旧正月が最後でした。その年は日中戦争が始まって4年め、太平洋戦争開戦の前年で、お金をもらい歩くなんていうのは戦時体制下の少国民にふさわしくないと、どこかの筋から御達《おたつ》しがあって、廃止の引導を渡す役目は学校だったようです。

カパカパは、昭和に失われたものの中で、惜しまれるものの一つではないかと、私には思われます。正月が来ても、直接お年玉をもらってくれる子供が一人もいなかった老人の繰り言でしょうか。

立春のことから書き始めましたら、その前日の豆まきのことを忘れていました。豆まきも賑やかに拾ってくれる子供がいないのではつまらないので、千葉の義弟が送ってくれた産地直送天日干しの落花生は、まくのはやめにして、我が家に住む鬼たち全員と仲良く一緒に食べました。

次の短歌（？）は、もじり歌ではなくて、なんと私が初めて作った短歌もどき（どんなに贔屓《ひいき》しても短歌とは言えません）です。

鬼は内！　夜更かし鬼に　寝坊鬼　散らかし鬼も　みんな内！内！

我が家にはこのほかにも、歩くのが嫌いなネマリ鬼、テレビの前が好きな居眠り鬼、たった今のことも覚えていない物忘れ鬼など、私に惚れ込んで住み着いている鬼がたくさんいます。鬼たちに助けてもらって、体力・脳力の衰えなど気にせず、今年ものんびり生きていけそうな気がしています。

コロナ禍は当分続きそうです。ご無事を祈ります。

２０２２年2月10日

第3号

元歌　やは肌《はだ》のあつき血汐《ちしお》にふれも見でさびしからずや道を説《と》く君　与謝野晶子

もじり歌　やわ肌の熱き血潮との出会いなく寂しからずや枯れ腕のワクチン

2月10日、3回目のワクチン接種を終えた夜、与謝野晶子に申しわけないこんなもじり歌ができました。

ワクチン接種後の副反応は、若い人に多く表れるそうで私は3回とも全く無反応でした。筋肉注射をしようにも私の腕は枯れ枝のように痩せて、皺くちゃの皮膚が骨の外側を被っている状態です。ワクチンも注射器から送り出された先が、やわ肌も熱い血潮もない枯れ枝のような腕の中では、行き先を捜すことに精いっぱいで、副反応を発するどころではなかったのではないでしょうか。

それにしても、ワクチン接種を終えた後の15分の待ち時間に、与謝野晶子の歌が、突然脳裏に浮かんできたのにはびっくりしました。中学校に勤務していた頃、近代短歌の授業のたびに引用させてもらって、私にとっては思い出の多い短歌なのですが、ここ数年は私の生活からすっかり遠ざかっておりました。

与謝野晶子の歌について、昔、男性の同僚たちと同じような会話を何回も交わした懐かしい思い出があります。短歌の授業には、教科書に載っている歌のほかに、いろいろな歌を使うのですが、私は毎回「やは肌の」の歌を教材に加えていました。

「今年は何を使おうかな。やっぱり〈やは肌の〉は欠かせないな」と私が言えば、男性たちは、エロチックにならないように説明する自信がなくて補充教材には選べないと言います。男女差別の世界だった昔の教育現場の中にいて、女でよかったと思わせてもらえるひとときでした。

元歌　街《まち》をゆき子供の傍《そば》を通る時蜜柑《みかん》の香《か》せり冬がまた来る　木下《きのした》　利玄《りげん》

もじり歌　街をゆき雪切りの跡を通る時馬糞《ばふん》の香せり春がまた来る

3月5日は二十四節気の一つ、啓蟄《けいちつ》でした。冬ごもりをしていた虫たちが地上に出て活動し始める日だそうですが、我が家は雪に埋もれたままで、虫はもちろん私もまだ冬ごもり中です。でも、ありがたいことに雪の降るごとに除雪車が出動してくれたおかげで、前の道路はすっかり春です。

今頃の季節に毎年思い出すのは、1945年3月、終戦の年の雪切りです。

その年は大変な大雪で、当時私が住んでいた青森市は県内でも特に多くて、平屋だった我が家は屋根雪を下ろすのではなくて、屋根の雪を掘って周囲に積み上げるといった状態でした。国の予算の8割が軍事費という時代ですから、行政が道路の除雪をしてくれるということはあり得ません。「人が歩けば、それが道になるのだ」で、夜中に積もった道路の雪は、歩く人の足跡で次第に踏み固められて、私たちが登校する頃は通路ができていました。降った雪は毎日毎日踏み固められて、道路はどんどん高くなっていきます。道路へ出るためには玄関から雪の階段を作らなければならず、日に日に段数の増えていく階段を作ることが、女学校3年の姉と小学校6年の私に課せられた毎朝の仕事でした。

道路を挟んで両側の家からの階段の段数が増えるに従って、道路の幅はだんだん狭くなっていきます。当時は冬季間の荷物の運搬は馬橇でしたが、橇の片側が路肩から外れて、積んでいた汚穢樽《おわいだる》（これを知っている方おいでかな？）が住宅へ転がり込んだという事件があったりしました。

そんな大雪の季節もようやく終わりに近くなって、私たちの次の心配は、市全体一斉に行う雪切りのことでした。幸いなことに、我が家が兵営地への通路にあったおかげで、兵士たちに出動してもらうことができました。さすが屈強の男性たちの仕事だけに、つるはしで割った雪の塊も大きく形も整っています。冬の間、降った雪の上に馬糞が散らばり、その上にまた雪、その上にまた馬糞と、白色と茶色とが交互に何重にも重なったサンドイッチ状の切り口を見せて、雪の塊が道の両側に積まれている風景は、厳しい戦時下の暮らしの中に穏やかな春の喜びを感じさせてくれました。そよ風に吹かれてサンドイッチは次第に崩壊し、馬糞は春の到来を告げる匂いを撒《ま》き散らしながら視界から消えていきました。

もじり歌は、そんな大雪の後の春を思い出して作りました。

2月22日は「猫の日」なのだそうで、テレビはどのチャンネルも美男美女の猫で大賑わいでした。その愛らしさに惹かれて私もかなり長時間テレビの猫に見入っていたのですが、日本人に飼育されている動物で、ここ半世紀ほどの間に一番出世したのは猫ではないかと思いました。昔の一般家庭の飼い猫にはネズミ駆除という課せられた仕事がありましたが、今の猫は人間に可愛がってもらうことが仕事で、可愛がられてさえいれば生きることが保障されます。一方、人間の側にも、身よりのない猫を育てて猫好きの家庭へ送り込むという、猫を可愛がることで生計を立てている人のいることも知りました。

ロシア軍がウクライナ侵攻を開始したのは、猫の日の2日後でした。大分前から伝えられていた急迫したニュースが、猫の日にはぐんと深刻さを増していたのですが、テレビは、ウクライナのニュースに匹敵するくらいの時間を猫の番組に割いていました。人間ばかりでなく猫も平和を享受している日本に住む幸せを改めて感じさせられました。そして、その後、連日報じられているテレビのニュースや新聞の記事を見て、遠く離れた国の戦乱も、今の時代は決して対岸の火事ではないことも思い知らされました。

戦争を知らない世代に訴えたい。石油の輸入が途絶えたら、爺さんは山へ柴刈りに、婆さんは川へ洗濯に、という暮らしにあまんじよう。それでも戦争に加担するよりは幸せと。ペットの猫よりも役に立つことをしていない今の私にできるのは、戦争の愚かさを残り少ない声を振り絞って叫ぶことだけです。

２０２２年３月８日

第4号

元歌　年ふれば　よはひは老いぬ　しかはあれど　花をし見れば　もの思ひもなし

藤原良房《ふじわらのよしふさ》

もじり歌　年ふれば　よわいは老いぬ　そのうえに　ニュースを見れば　もの思う日々

この元歌は、『古今集』に載っていて〈年月を重ねるままに、この身は老いてしまった。しかしながら、桜の花を見ていると、いっさいの苦労を忘れてしまう。〉という意味です。私は、『古今集』を丁寧に読んだことはないのですが、この歌は、巻一の最初のほうにあって目にする機会が多かったのでしょう。何となく暗記していました。そして、桜の季節になるとこの歌を思い出し、70代に入った頃からは〈花をし見れば〉を〈戦いなくば〉と置き換えて、〈もの思いもなし〉の平和な世に生きる幸せにどっぷり浸ってきました。

ところが、今年は〈花をし見れば　もの思ひもなし〉という情勢ではなくなりました。

ニュースを見ていると、太平洋戦争の時の日本と重なることもあったりして、悲嘆や恐怖の内容も、子供時代を15年戦争の中で育った私たちには、戦争を知らない世代とは違った複雑なものがあるように思います。

ウクライナとロシアとの和平交渉のニュースから、ふと昔の歌を思い出しました。

旅順開城約成りて
敵の将軍ステッセル
乃木大将と会見の
所はいずこ水師営

日露戦争の時に、日本軍の攻撃によって旅順城が開城することになり、日本軍の司令官乃木希典《のぎまれすけ》とロシア軍の司令官ステッセルとが会見したことを歌ったもので、私がはっきり暗記しているのは、この1番の歌詞だけでした。

「水師営」の漢字に自信がなかったもので調べてみましたら間違いなくてOK。旅順の北西にある地名だそうです。

題名は「水師営の会見」、作詞者は佐々木信綱、9番まである叙事詩です。

私たちが普通に使っている「昨日の敵は今日の友」という言葉が、メロディーを口ずさんでいると出てきたりしていたのですが、それは4番に〈昨日の敵は今日の友／語ることばもうちとけて〉とありました。

乃木大将がステッセル将軍から馬をもらう話が、私の記憶の中にあったのですが、それも、この歌の7番8番に書かれていました。

7　両将昼餉《ひるげ》共にして
　　なおも尽きせぬ物語
　　「我に愛する良馬あり
　　　今日の記念に献ずべし」

8　「厚意謝するに余りあり
　　軍のおきてに従いて
　　他日《たじつ》我が手に受領せば

ながくいたわり養わん」

最後は、こういう歌詞で終わっています。

9　「さらば」と握手ねんごろに
　　別れて行《ゆ》くや右左
　　砲音《つつおと》絶えし砲台に
　　　ひらめき立てり、日の御旗《みはた》

このあと、ステッセルは、敗戦の責任を問われ死刑を宣告されましたが、乃木は、旅順の戦いでの彼が勇敢であったことを弁護して、彼の生命を救いました。後に、乃木が明治天皇の崩御に際し殉死を遂げた時に、ステッセルは深い哀悼の意を表したそうです。

「水師営の会見」は、戦勝国の気分に湧いていた時の作品だけに美化されているのでは、という危惧《きぐ》が感じられるかもしれません。ですが、こうした逸話が残っているということは、私たちの年代の記憶にある、太平洋戦争のシンガポール陥落の時の停戦会見と比べてみても、日露戦争の頃は、まだ人間らしい知性を失っていなかったように思います。

ウクライナとロシアの両大統領よ、乃木とステッセルとのような会見を、とまでは望みませんが、血の通った両国間の和平交渉妥結の早からんことを切に祈ります。

元歌　しばらくは　三間うちぬきて　夜ごと夜ごと　子らが遊ぶに　家わきかへる
伊藤左千夫《いとうさちお》

もじり歌　しばらくは　三つの電話　日ごと日ごと　鳴り合う音に　九十路戸惑う

このもじり歌は、全くの私事の報告です。
実は、先週スマホを用意しました。私のガラケーは、あと3年ほどは使えるはずなので、その後も運悪く生きていても家付きの固定電話だけにするつもりだったのですが、娘が、ガラケーも使いながらスマホをゆっくり勉強すればと、親の年齢も考えずに持ってきてくれました。置場所を忘れて捜し物に明け暮れている私は、固定電話の子機、ガラケー、スマホと、定位置以外に置き忘れられている三つの電話が鳴るたびに、鳴ってるのは何処《どこ》だとあわてています。

スマホの練習は、電話を掛けることから始めました。登録していない番号からの電話には出ないことにしている方も多いのですが、私のスマホの番号は最後4けたが「6429」です。〈虫憎《むしにく》い〉とご記憶くださって、受話器を取っていただければ嬉しいです。そちらから掛けてくださる時は、私がスマホにまだ不慣れですので、これまで同様固定電話にお願いいたします。

今月こそ《もじり歌通信》を早めに出そうと思っていたのですが、ウクライナのニュースのテレビや新聞に追われて、今になってしまいました。大勢の人が殺されたということは、殺した人も大勢いたということです。やがて平和がもどった時に、殺した側の人たちは、どう自分を納得させて長い人生を生きていくのでしょうか。もう歩くこともままならぬ私は、人間にとって最も過酷な運命に出会うことなく90年間生きられたことに感謝し、ただひたすら平和を祈るのみです。

2022年4月12日

第5号

元歌　花の色は移りにけりないたづらにわが身よにふるながめせしまに　小野小町《おののこまち》

もじり歌　花の色は移ろいにけり　公園の花は葉桜　われは枝桜

5月の「もじり歌」は、「百人一首」にもある小野小町の歌を使って、花の色は移ることなく今日もまた　コロナ禍の中　爛漫と咲くにしようと、桜まつりの前から決めていました。

ところが、桜まつりが始まって3日め、外堀の桜がすっかり葉桜になっているのを見て〈爛漫と咲く〉などと書く気が失せて、冒頭のような「もじり歌」になりました。本当は結びを〈花は葉桜　われは姥桜〉としたいのですが、〈姥桜〉というのは年増のことですので、いくらなんでも90歳では話になりません。それに、娘盛りが過ぎてもなお美しさが残っている年増でなければ〈姥桜〉ではないそうで、たとえ年増の年代であっても私には無縁です。花が散り、秋の紅葉も終わった後の〈枝桜〉になってしまいました。

でも、雪がふんわりと積もった冬の桜並木の景色も素敵ですよね。私たち老人の暮らしにも、若い時には気付かなかったことを味わえる楽しさがあるような気がします。

元歌　つばくらめ飛ぶかと見れば消え去りて空あをあをと遥かなるかな　窪田空穂《くぼたうつぼ》

もじり歌　からす一羽飛ぶかと見れば飛びもせず空あおあおと遥かなるかな

窪田空穂は1967（昭和42）年、89歳で亡くなった歌人です。ツバメが飛んでいるなとふと見ると、さっとすばやく消え去ってしまった、ツバメの行方を追っているこの歌を作ったのは、空穂が55歳の時でした。50代というのは、様々な苦悩や葛藤の多い時期かと思いますが、敏捷なツバメの様子や青々とした遙かに続く明るい大空に作者が爽《さわ》やかな解放感を味わっているような歌です。

ツバメに長いことお目にかかっていない今の私には、庭の木の枝に止まっているカラスも、背景の青空とマッチして、ほっとした安らぎを感じさせてくれます。かつての一時期、我が家の前の電線を真っ黒に埋め尽くしていたカラスが、いつの頃からか見えなくなって、時々数羽が庭に来ているのを見かけると、懐かしいカラスの童謡を口ずさんだりするようになりました。私の脳裏に最も多く思い浮かぶのは、「七つの子」（作詞・野口雨情《のぐちうじょう》）です。野口雨情が1921（大正10）年に作った作品といいますから、100年も歌い続けられている歌です。

烏　なぜ啼くの　／　烏は山に　／　可愛《かわい》い七つの　／　子があるからよ
可愛　可愛と　／　烏は啼くの　／　可愛　可愛と　／　啼くんだよ
山の古巣へ　／　いって見て御覧　／　丸い眼をした　／　いい子だよ

子供の頃から、歌詞の意味など、7羽のカラスの子を持つ母親烏が子烏を思って鳴いているというぐらいにしか考えずに歌ってきたのですが、雨情の前妻との間の子供、雅夫が

「父親と裏山に行った時、カラスが鳴いていた。父にカラスはなんて鳴くのか?と訊かれたが、とっさのことで答えられずにいると、父はポケットから手帳を出して書いていた」と言っていたのが、この歌詞だったということを10年ほど前に知って、〈可愛可愛と啼く〉カラスの気持ちが胸に染むようになりました。特に最近は、はなればなれになっているウクライナの家族のニュースを見るたびに「七つの子」が思い浮かんできます。

からすの赤ちゃんなぜ鳴くの
コーケコッコのおばさんに
赤いお帽子ほしいよ
赤いお靴もほしいよと
カアカア鳴くのね（作詞・海沼　実）

夕焼け小焼けで　日が暮れて

山のお寺の　鐘がなる
お手々つないで　皆かえろ
烏と一緒に　帰りましょう　（作詞・中村雨紅）

私たちが知っているこうした歌のほかにも、昔の童謡や童話には、よくカラスが登場していたようです。私の長い教職生活の中で、就職して4年めに、たった一度だけ小学校1年生を担任したことがあったのですが、その時の国語教科書に載っていた「あいうえおのうた」が、〈あかちゃん　あるいて　あいうえお　／　からすが　かあかあ　かきくけこ〉で始まっていました。オルガンも弾き手もポンコツの伴奏に合わせて、子供たちが〈かあかあ〉の箇所を一段と大きな声を張り上げていたのが、忘れられない思い出です。

近年カラスがやたらに増えて、すっかり嫌われ者になりました。幸い我が家の庭は、今年も、仲間からはぐれたカラスなのでしょうか。朝早くカアカアと、ほんのいっとき目覚まし時計の役目をしてくれています。ツバメなどと違って容姿端麗でもなければ、ウグイスのような美声でもないカラスにも、枯れ枝の年齢の老婆の心は結構あたためてもらっています。

コロナ禍中とはいえ薫風の季節、大気を十分吸って明るく生きましょう。

2022年5月8日

第6号

元歌　忽ちにして起りたる戦《たたかひ》を午後に伝へし日のゆふまぐれ　佐藤《さとう》佐太郎《さたろう》

＊ゆふまぐれ＝夕方の薄暗いころ

もじり歌　たちまちにして起こりたる戦いは　我に伝えき　この道行けと

佐藤佐太郎（１９８９〜１９８７）は１９２６（大正15）年、17歳で「アララギ」入会。翌年の昭和２年より斎藤茂吉に師事し、昭和62年に亡くなるまで昭和の全時代を詠んだ歌人でした。『昭和萬葉集　巻九（昭和25年〜昭和26年）』に掲載されているこの歌の「忽ちにして起りたる戦」というのは、１９５０（昭和25）年６月25日に勃発した朝鮮動乱のことです。

敗戦後占領下にあった日本は、出撃する米軍の前線基地としての役割を担うこととなり、その役割を強固にするために、中国・ソ連を除外したままサンフランシスコ講和条約が実現、同時に日米安全保障条約が締結されて、その後の日本の進路が決定されました。6月25日というのは、そんな大事な日なのに、記念日や行事をかなり詳しく記載している暦でも、なぜか6月25日は空欄です。

朝鮮動乱は、基地周辺ばかりでなく、日本の国全体に大きな影響を及ぼしました。特需景気です。戦争に必要な生産、供給、修理などの仕事が、米軍から大量に発注されました。その契約高は1年間で1千億円にも上ったそうで、それによって日本は、現在の資本主義社会の基礎を築いたと言われています。

国の進路が決定されたということは、多くの国民の人生も、国政の流れに沿って当然変わっていきます。当時高校3年生だった私も、朝鮮動乱によって人生の方向が決定された一人でした。

その頃の我が家は、戦災の痛手から抜け出せずにいて、私は進学をあきらめていたのですが、特需景気の風が流れ流れて、かすかながら父親の仕事の上にも吹いてくるようになり、暮れ近くなって地元の弘前大学なら入れてやると言われたのです。

朝鮮動乱がなかったら、私の人生は全く違っていたわけで、自分の人生の幸せが他民族の不幸な紛争のおかげであるという事実は、生涯重荷として背負っていかなければならないということを、私はずっと忘れずに生きてきたつもりです。

もじり歌には、そんな自戒の気持ちを込めました。

元歌　かつぎやはおおむね老いし婦にて助けあひおどけあひして汽車降りてゆく
　　　　　　　　　　　　　　　　　　　　　志岐　春吉

もじり歌　ランチ時　おおむね老いし女性にて　笑いあいつつおしゃべり続く

元歌は、「忽ちにして」と同じ『昭和萬葉集　巻九』からの一首です。

朝鮮戦争に関する短歌ばかりでなく、太平洋戦争に関わるものも多い中で、このかつぎやを詠んだ活気のある歌は、私の目を捉えました。

私が、弘前市の中心地からバスで30分ほどの農村地帯の学校に新米教師として赴任したのは戦後11年めでしたが、その当時も北海道からのかつぎやの女性が、私と同じ路線バスに乗って商いをしていました。魚の代金はお金でなくて米、そのころ北海道ではまだ米の生産量が少なくて、津軽の米が高値で売れたのだそうです。往復重い荷物を背負って、そのおばさんは、いつも明るく生き生きとしていました。

元歌の作者は1903(明治36)年生まれで、この歌を作ったのは40代後半。新聞社の仕事をされていたそうですから、戦後の社会情勢には胸中複雑な感慨があっただろうと思います。そうした中で、戦後の厳しい暮らしをものともせずに〈助けあいおどけあい〉ながらたくましく生きる老婦たちの姿に出会って、心に強く響くものがあったのではないでしょうか。

今年は、昭和の年号の続きのままで数えれば97年。私が就職したころは、教育現場も男性優位の世界だったのですが、次第に男女平等の方向へ進むようになって、私は順風の中で定年を迎えることができました。順風の中で過ごせたのは戦争のない平和な時代だからこそと感謝しつつも、悪疫に遭わなかった幸せに気付いたのは、コロナ禍を体験してからでした。コロナ禍以来中断している老友たちとのランチ会の再開を願って、今回のもじり歌にさせていただきました。

初夏のさわやかな季節です。体調のすぐれない方もいらっしゃるかと思いますが、どうぞ心の中に緑の風を吸い込んで、すがやかにお過ごしください。

２０２２年６月７日

余白ができましたので駄文を付け加えます。

痩せしことセルの胸元のみならず　　山口波津女

『歳時記』をめくっていたら「セル」という懐かしい言葉に出会いました。作者はセルの着物を着た初夏の感触の中に、我が身の衰えを感じたのでしょう。日ごとに老化していく私の心に染みるものがありました。私の場合は、セルの着物もありませんし、「胸元」

という上品な言葉も不似合いですが、先日、去年買った薄手のシャツに着替えて、初夏の気分を味わいました。冬の間にまたまた痩せて、

痩せしことシャツのだぶだぶのみならず

といった状態です。

痩せた以上に自分でも驚いているのは、身長の減ったことです。箪笥の底に長年眠っていたズボンを発見して履いてみたら、その長いこと。

そこで、五・七・五の川柳もどきを一句。

なんだ　こりゃ　松の廊下のズボン丈

失礼いたしました。

第7号

元歌　文庫本万葉集を秘めてきぬ装具はづして背嚢《はいのう》を探る　宮《みや》　柊《しゅう》二《じ》

もじり歌　漱石や少女倶楽部を秘めてきぬリュックから出し合う昼餉《ひるげ》の木陰

宮柊二（1912〜1986）は、歌誌「コスモス」の創刊者として知られる昭和の時代に活躍した歌人です。日中戦争3年目の1939年、27歳の時に応召して中国山西省に転戦しました。この歌はその時の作品で『昭和萬葉集　巻四』から引用しました。

私のもじり歌は、太平洋戦争最後の年の思い出です。

終戦の年、私は青森高等女学校1年生でした。学校に教科書以外の本を持ち込むことが禁じられていました。と言っても、学校へ行くのは雨の日だけで、開墾地での作業が毎日の仕事でした。今の制度で言えば中学1年生、女の子としては重労働でしたが、お昼休みがかなり長くて、私たちは小説や兄や姉が読んだ古い雑誌などを持ち寄って、昼食後に読んだり交換し合ったりしました。薄っぺらな雑誌しか見たことのない私は、戦前の分厚い少年倶楽部や少女倶楽部に目を見張ったり、漱石の作品を読んで文学の世界を垣間見たり、戦時中の窮屈な教室での勉強とは違った楽しみもありました。考えてみますと、私の読書の原点は、12歳の時の、八甲田山麓での読書だったのかもしれません。

元歌　五十余年心をこめて集めたる東西の書《ふみ》皆灰となる　土井晩翠《どいばんすい》

もじり歌　幾年月心をこめて集めたる本を開きて老いを楽しむ

元歌は、『昭和萬葉集　巻六（昭和16年〜20年）』の〈燈火管制の下に——瓦礫《がれき》の中で〉の項目に掲載されている短歌です。空襲が激しくなった終戦に近い頃の作品でしょうから、1871年生まれの晩翠が74歳くらいの時の歌だろうと思います。

我が家の空襲での焼け跡にも、本が重なったまま、ほとんど崩れずに灰になっていました。それを見たとき、当時の唯一の楽しみだった友人たちとの本の貸し借りもできなくなったという思いが、脳裏をよぎったのを記憶しています。

「荒城の月」の作詞者として有名な土井晩翠の蔵書は、我が家の少しばかりの本と違って膨大な量だったでしょうから、灰となった本の残骸が積み重なった有様には、感慨もひとしおだったのではないでしょうか。

今の私の手持ちの本は、大学生時代、奨学金やアルバイトの収入で買ったことからスタートして、これまでの人生の中で、その時々に必要だったり興味があったりした本が自然に集まったというものなのですが、かつての仕事がら、絵本や小・中学生用の図書もかなりあって、難しい本は駄目という九十代の読書を、無料で楽しませてもらっています。

今月は、元歌2首とも戦争に関わる歌を取り上げましたが、7月というと、どうしても「戦争」の思い出が強烈です。それは、7月28日の青森市の空襲のこともありますが、私が初めて「戦争」という言葉を聞いたのが4歳の時の7月でした。9年にもわたった日中戦争が何時始まったかご存じでしょうか。1937年7月7日夜、北京郊外の盧溝橋《ろこうきょう》付近で起こった発砲事件は、「北支事変」から「支那事変」へと広がって、対中国侵略戦争の契機となりました。

私がそのことを記憶しているのは、17歳年上の長姉が7月4日に結婚したのですが、私は姉と別れるのが強いショックだったらしく、結婚式前後の数日間のことだけを、なぜか鮮明に覚えているのです。盧溝橋事件の臨時ニュースを聞いた周囲の大人たちが「大変、支那と戦争するんだって」「支那って、日本の何十倍も大きい国なのに大丈夫なんだろうか」などと話しているのを聞いて、「戦争」「国」という言葉の意味も分からないままに、海の向こうの途轍もなく広い支那という所で恐ろしい事が起こったということは、おぼろげながら感じたような気がします。

ただ、それは、遠い遠い国の出来事であって、私にとっては、ねえちゃんが居なくなったという切実な問題のおまけとして片隅に記憶されたにすぎませんでした。そして、この時の「遠い遠い国の出来事」は、「戦争は外国の領土でするもの」と、私の頭の中にずっとインプットされ続けていました。外国まで出向いて戦うということは、それは「侵略」なのだと認識したのは、新しい憲法のもと歴史を学び直した高校生になってからでした。

6月26日のある新聞の「読者の文芸」欄に、こんな短歌が載っていました。

〈戦争はこのようにして始まると教えてくれたロシアの侵略〉

新聞を開いてたまたま目に入ったこの短歌に胸を衝かれた私は、紙切れに歌だけをメモしただけでしたので、作った方のお名前も分からないのですが、そんなにはお年を召した方ではないような気がします。私たちの年代であれば、「侵略」ということを外国の事例で学ぶまでもなく、自分の国の歴史が教えてくれました。

昭和の15年戦争の始まりとなった満州事変は、１９３１年9月、日本軍が奉天郊外で南満州鉄道を爆破した柳条《りゅうじょう》湖《こ》事件がきっかけで起こり、事実上日本が支配する「満州国」が成立することへと発展しました。

サンフランシスコ講和条約が中国不参加のままに１９５１年に締結されて21年後の

1972（昭和47）年、ようやく日中国交正常化の動きが具体化されて田中角栄首相ら日本政府代表団が中国を訪れました。到着した日の夜、周恩来首相主催の宴会で、周首相が日本軍国主義の半世紀にわたる中国侵略を強調し、しかし今こそ国交正常化のときと述べたのに対し、田中首相は「過去数十年にわたって我が国が中国国民に多大のご迷惑をおかけしたことについて、私は改めて深い反省の念を表明する」と挨拶したというニュースを知っている日本人は、今どれくらい居るのでしょうか。

私の手元に「日本史図表」という高校生用の学習資料集があるのですが、年表の1995年の欄に「村山首相、戦後50年にあたり、アジア諸国の人々への謝罪を表明」と記載されています。私のは2009年度用のものですが、現在使用しているのにも載っているのでしょうか。教科書にはどう書かれているのでしょうか。

中国との国交が暗い影に覆われている昨今、日中戦争当時まだ幼かったとは言えすでにこの世に生を受けていた日本人として、7月は心の痛む月です。

2022年7月7日

第8号

元歌　秋来《き》ぬと目にはさやかに見えねども風の音にぞおどろかれぬる　藤原敏行《ふじわらのとしゆき》

秋が来たと目にははっきりと見えないけれど、耳に聞く風の音は「ああ秋だなあ」と、はっと気づかされることだ。

もじり歌　老い来《き》ぬと目にもさやかに見えにけり顔の皺にぞおどろかれぬる

ねぷた祭が終わってお盆も間近、暦はもう秋です。今回は、「秋立つる日よめる」という詞書《ことばがき》によって立秋の日に詠んだことが分かる藤原敏行の歌を選びました。

藤原敏行は三十六歌仙の一人。この歌は、『古今集』巻四、秋歌上の巻頭歌です。

日中はまだまだ真夏の暑さ。でも、間もなくお盆が過ぎると、目に映る秋らしい風物が次第に増えてきます。秋の深まりゆく姿は、加齢と共に季節の変化の中でも特に心に染みるような気がします。そして、我が身の衰えていく様子を、昨年の秋と比較したりすることが多くなりました。

例えば、昨年は使っていた戸棚の最上段の食器に、今年は手が全く届かず、ガスコンロの上の換気扇も、踏み台に上がらなければスイッチを押すことができません。でも、そんなことが気になるのは一瞬です。食器は手の届く範囲内ので間に合いますし、換気扇を回さずとも窓を開ければ私の料理には十分です。

ズボンだけは、去年まで無理矢理体に合わせていたのがあまりにもダブダブで、やむを得ず新調しました。今履いているのは、ポリエステル95％、ポリウレタン5％、大柄模様で裾幅が広く、ウエストはゴム紐、それでいて両脇にポケットまで付いているというすごいズボンで、この夏780円で買ったものです。

というようなことで、体力や脳力の衰えも、衣食住の不自由も全く気にせず、相変わらずのんびりと暮らしています。もじり歌に書いた痛くも痒くもない「顔の皺」などに、もちろん本当は驚いたりはしないのですが、自分の老いたことを最も容易に見せてもらえるのは、鏡に映った顔の皺だろうと思います。せめて、あの世で亡夫と会う時のために、額の横皺は増えても縦皺は深くしたくないと願っています。

元歌　せめてわが自由になるものを自由にせむ自由なるものの三つか二つを
土岐《とき》　善麿《ぜんまろ》（『和歌の解釈と鑑賞事典』旺文社）

もじり歌　老いしわれ自由になるもの数多し最たる自由は時間と居場所

元歌の作者土岐善麿は、生活をリアルに抒情化することで短歌を近代化しようと1912（大正2）年「生活と芸術」を創刊しました。3年後「生活と芸術」の廃刊を断行する時に「なぜ廃刊するのかと、僕自身に問へば、要するにイヤになったから、と答へるよりほかはない」として、善麿は多くを語ってはいません。元歌は、終刊号の表紙裏に、作者自身のペン字で印刷されていて、社会の軋轢《あつれき》の中で苦悩した姿が推察されます。

今月90歳になった私の生活は、体力も脳力も日々大幅に衰退していくのは当然ながら、老人だからこそ味わえる自由に満ち満ちています。

中学3年を担任していた現役だった時に、「先生、昼食の時間は教室に来ないでください。せめて昼飯くらいは先生のいない教室で食べたい」と言われたことがありました。担任が居なければ常軌を逸するような事をしでかす生徒たちではありませんでしたし、「あなたたちの居ない所で私もゆっくり食べられるわね」と、私は即ＯＫしました。当時は、時間に拘束されていることなど全く気にならなかったのですが、振り返ってみますと、学校の教師というのは、昼休みのない職業でした。

今の私は、何と1日24時間すべてが自由時間です。

独り暮らしの私は、住まいの中の居場所は時間以上に自由です。例えば、食事の場所は時によってまちまちで、定番は居間ですが、暑い日なのに熱いラーメンを食べるなんていう時は、クーラーの涼気の最も心地よい仕事場に置いてあるテーブルで、わざわざ部屋まで運び込む程の献立でもない時は、台所のテーブルでと、その時の気分次第。昼寝の場所も自由自在です。

２０２２年８月７日

第9号

元歌　ちまた行く世界の人のするどきに立ちおくれつつ古稀の年まで　武田　祐吉

もじり歌　訪ねくる若者たちのするどきに立ちおくれつつ九十路《ここのそじ》歩む

9月19日は「敬老の日」です。先月末、コロナウイルスの感染者数激増のため敬老大会を中止します、という回覧板が回ってきました。そういえば、高校時代の同期生が来年3月までには全員が90歳になるのだということを、改めて思い起こしました。そして、たまたま机の上にあった『昭和萬葉集　巻十二　昭和32～34年』の「老い」というページを開いてみたら、元歌の「ちまた行く」が目に入りました。

1958(昭和33)年、72歳で亡くなった作者の晩年の作品です。武田氏は学士院賞を受賞するほどの著名な『万葉集』の研究者だったのですが、それほどの学者でも急激な世界の変化に「立ちおくれつつ」と感じられたというのですから、凡人の私が、身近な周囲の人に次々と立ちおくれていくのは当然と、我が身の老化を納得させてくれるありがたい歌です。

それにしても、世の中の進歩は、普段のちょっとした暮らしの端々にも驚くことばかりです。最近こんなことがありました。

私は、キューピー社のドレッシングを長年購入していて、そのなかでもレモン味の愛好者なのですが、いつからか向かいのスーパーの店頭からレモン味が消えてしまいました。ほかの種類で間に合わせていたのですが、先日、本社のお客様相談室に電話してみました。応対してくれたのは、洗練された上品な話し方の感じのいい女性で、販売店によって仕入れる種類が違うのだとのこと。「お客様の郵便番号を教えていただけますか」と言われたので伝えたところ、即座に「お宅から近い所では、樋ノ口の〈イオンタウン〉のスーパーと、浜の町のスーパー〈いとく〉にございます」と教えてくれました。待ち時間がゼロの答えに驚いて「ありがとうございます」も言いそびれていましたら、「遠くはなりますがバスで行かれるのでしたら〈イトーヨーカドー〉が便利かと思います」という言葉が続いたのには、またまたびっくりでした。

その数日後、外出先から帰ったら、郵便受けに「ゆうパックご不在等連絡票」が入っていました。私は機械が応答する再配達依頼の方法が苦手で、「ハローページ」の弘前郵便局の欄に載っている3つのうちの一つ、「郵便配達」という所に電話して、人間サマにお願いしてきました。私に送られてくる物品は、ほとんどが宅配便で、ゆうパックの再配達は1年以上なかったかと思います。今回も前と同じ「郵便配達」に電話しましたら、「おかけになった番号は、ただ今使われておりません。新しい番号は、○○番です」という録音が流れて、○○番にかけると、ここもまた録音による指示です。普通の会社は、代表番号にかけると必ず人間サマが出るのですが、ハローページには弘前郵便局の代表番号が見当たりません。

やはり連絡票の指示に従って機械に頼むより仕様がないかとあきらめかけたのですが、待てよ、何としても人間サマに頼む方法を見つけよう、本局のどこに電話したら人間サマが出るのだろうとあれこれ考えて、見事達成しました。

電話に出た女性は、キューピーの女性に劣らぬ応対の立派な女性でした。こんな賢明な人間サマが居るのに、大事な仕事をなんで機械にやらせておくのでしょう。私の周囲には、「立ちおくれ」を気付かせてくれる、かつての教え子や職場の後輩をはじめ、いろんな場所で出会った若い人たちがたくさんいて幸せです。もじり歌には、時々我が家を訪れて、新しい時代の息吹きを吸わせてくれる若い人たちへの感謝の気持ちを込めました。

元歌　はたらけど
はたらけど猶《なお》わが生活《くらし》楽にならざり
ぢっと手を見る
石川　啄木

もじり歌　さすっても
さすっても青筋は消えることなし
じっと手を見る

石川啄木が、暮らしの重圧に耐えながら懸命に働かなければならなかったことを詠んだ歌は、

こころよく／我にはたらく仕事あれ／それを仕遂げて死なむと思ふ

などほかにもありますが、そのなかでも「はたらけど」の歌は、教科書にも掲載されて多くの人に知られているようです。亡くなる2年前の1910(明治43)年の作品で、当時24歳の啄木は、妻子、母と共に東京本郷で床屋の二階を借りて暮らしていました。家族の医療費のために1300円にも及ぶ借金があって、40円前後の朝日新聞校正係の給料では焼け石に水の状態だったそうです。

啄木の歌に刺激されたわけではないのですが、最近私は、知らず知らずのうちに、じっと手を見ていることが多くなりました。もちろん、啄木のような深刻な理由があるわけではなくて、腕から手の甲にかけて浮き出た血管の日増しに青く太くなっていくのが、手を使うたびに否応なしに目に入るからです。さすったぐらいでは何の変化もありません。万

歳をすると消えるのですが、それも、このごろは腕をかなり高く上げなければ駄目になりました。

でも、老化現象とはいえ、青く太く浮き出た血管が消えたり現れたりするのは、腕がまだ無事に動いてくれている証拠と思えば、ありがたいことです。

もじり歌の最後「じっと手を見る」に、不自由な足をカバーしながら、若い時とほとんど変わりなく働いてくれている手への感謝の気持ちを込めたつもりです。

地球全体の騒がしさがいつまで続くのでしょうか。皆様のご無事を祈ります。

2022年9月3日

第10号

元歌　やすらはで寝なましものをさ夜ふけて傾《かたぶ》くまでの月を見しかな　赤染衛門《あかぞめえもん》

ためらわずに寝てしまえばよかったのになあ。（あなたがいらっしゃるというのであてにして）夜がふけて、西の山に傾くまでの月を見てしまいましたよ。

もじり歌　やすらわで寝なましものを夜は明けて消えゆくまでの月を見しかな

元歌は、11世紀に編纂された『後拾遺集』に掲載されている歌です。関白藤原道隆《みちたか》（清少納言が仕えた中宮定子の父）がまだ少将であったとき、赤染衛門の姉妹（姉か妹かは不明）と交際していましたが、ある晩、道隆が今夜行くと言ってよこしながら来ませんでした。その翌朝姉妹に代わって詠んだ歌で、「小倉百人一首」の中の一首として親しまれています。

今年の十五夜は9月10日、一片の雲もない素晴らしい夜空でした。

夫が死んで一人暮らしをするようになって20年、その間、私は一度も十五夜のお月様に、月見団子はもちろん、すすき一本お供えしたことがありませんでした。それでもお月様は、晴れた夜には私の寝室に優しい光を必ず差し込んでくれました。嬉しいことに寝室の南側の窓からは、満月の夜を中心に前後数日間、ベッドに横になったまま、ずっと長い時間お月様を見ることができるのです。

今年の十五夜の月は一度も雲に閉ざされることなく次第に西に移動して、やがて夜明けとともに西の空に浮かんだまま、静かに消えていきました。

生活リズムが夜型だった私が、夜明けの風景に初めて感動したのは、つい数年前のことです。以来、時々早起きするようになりました。朝焼けの薄い雲が漂っている中を、月が雲に隠れたり出たりしながら、ゆっくりと姿を消していく風景などは、快晴の夜明けとはまた違った趣があります。たとえ寝不足が続いたとて、日中いつでも昼寝のできるのが、老人の特権です。

元歌　平和な世に子を産みたかりしは吾のみにあらずと思い云わず老いゆく

岡　佐江子

もじり歌　平和な世に子を産み育てし我が暮らし子の成長を見つつ穏やかに老ゆ

敬老の日、弘前市からのお祝の器に入れたチョコレートをつまみながら、高度成長期の老人の短歌にはどんなのがあるのだろうと、『昭和萬葉集　巻十七　昭和47年』の〈老境〉のページを開いてみました。私の胸に一番響いたのがこの元歌でした。各巻の巻末には、掲載短歌の作者全員の、生年・職業・所属会派など簡単な経歴が記載されているのですが、この歌の作者だけは氏名が載っているだけです。歌の隣りの行に〈朝日新聞　47・8・20〉とありますので、終戦記念日に近い日の新聞に掲載された無名の女性の作品なのだろうと思います。

明治元年の1868年から数えて今年は154年、そのちょうど真ん中の年が終戦の1945(昭和20)年だそうです。前半の77年間は、国内の大きな動乱西南戦争のあったのが1877年、その後、日清戦争、日露戦争、第一次世界大戦、満州事変、日中戦争、太平洋戦争と、外国との戦争の連続でした。

元歌の作者は、その厳しい時代を生きてこられたのです。〈平和な世に子を産みたかりし〉という文言の中には、作者ばかりでなく当時の母親たち全員の、私たちが想像する以上の辛い気持ちが込められているのだと思います。

先日、これまでの生活をすべて整理したので、あなたが使ってくれそうなものをプレゼントしますと、小学校時代からの友人が莫大な量の切手を送ってくれました。早速使わせてもらっていますが、半世紀以上も前の切手が今も立派に通用することに、77年間の平和の世の素晴らしさが、また一つ、改めて心に染みました。

頭上を外国のミサイルが通るなど、平和憲法を誇る日本の周辺も、騒がしい事件が頻発するようになりました。昭和の15年戦争の中で子供時代を生きた九十路《ここのそじ》の老婆にも、戦争のかたりべとしての小さな役割は、生活の片隅でわずかながら果たせそうな気がします。戦争の被害者としての体験ばかりでなく、戦争というのは、双方が被害者であり加害者であるのだということを、しっかりと曾孫《ひまご》たちに伝えたいと思います。
地球の平和と安全を、そして、お互いの健康を　祈りつつ　ごきげんよう。
2022年10月14日

第11号

元歌　遠山の線に今かも触れむとし赤さも赤し入日の大きさ　小山内《おさない》　時雄《ときお》

もじり歌　海水にジュッと今かも触れんとし赤さも赤し入り日の大きさ

元歌の作者は、私の大学時代の恩師です。

9月末、50代と70代の女性二人が、90代の私を車で日本海に沈む夕日を見に連れていってくれました。感激でした。

真っ赤な太陽が、静かに水平線の下に落ちていくのを見て、ふと思い出したのが、この小山内先生の歌の「赤さも赤し入日の大きさ」という下の句でした。帰宅後、先生から昔いただいた歌集にたしかあったはずと、書棚を捜したら手近な場所に、蘭繁之氏が「緑の笛豆本」の体裁で造本した『若き日の巡礼』が、すぐに見つかりました。見開きごとに、右のページには美しいランプの絵が、左のページには短歌2首が蘭氏の字彫りで摺《す》られていて、先生が旧制弘前高校に在学された頃に詠まれた短歌48首が収められている素敵な本です。

48首の中で、なぜ「赤さも赤し入日の大きさ」だけが私の記憶にあったのかというと、懐かしい思い出があるのです。私が弘前大学の学生だった時、先生は近代文学専門の30代の若い助教授でした。一番思い出にあるのは、先生と国語科の学生6人とで、京都と奈良を1週間の研修旅行をしたことです。その旅行中に、場所がどこであったか忘れてしまいましたが、山の後ろに太陽が沈んでいく景色の美しさに、みんな思わず歓声をあげたことがありました。その時、先生が、10代の頃こんな歌を作ったことがあった、自分では気に入った歌だったんだと、短歌に熱中した時代のことを、初めて私たちにいろいろ話してくださいました。

今回、私が日本海に沈む夕日を見たのは20年ぶりでした。前回は、古稀記念の高校同期会で、場所は「不老不死温泉」、快晴に恵まれ、しかもその夜は満月で、太陽にも月にも祝福されるという豪華な祝賀会でした。60代の頃は、悠々自適の夫が、私の仕事の合間を縫って西海岸の夕方のドライブに連れ出してくれました。

山の入り日にも、海の入り日にも、それぞれにまつわる忘れ難い思い出がありますが、90歳の目に映った感動も、このまま最期の時まで保ちたいと願っています。

元歌　強制疎開《きょうせいそかい》にあひし吾が家は毀《こわ》されて土台あらはに陽《ひ》を浴《あ》びてをり
　　春日井《かすがい》　克明《かつあき》（『昭和萬葉集　巻六』）

もじり歌　改築すという隣家は半ば解《ほぐ》されて土あたたかく陽を浴びており

太平洋戦争中、防空のための都市疎開が具体化したのは1943（昭和18）年12月、建築物、施設、人員の疎開が重要都市から始まりました。建築物では、重要施設周辺の防火帯の設定や防火道路の建設を目的に、全国で約60万戸が強制的に破壊されたということです。

戦時中青森市に住んでいた私の記憶にも、道路の幅を広げるために住宅が壊されていく状況が残っています。青森市の場合、広くなった道路は、その後の空襲の時に逃げるのに役立ったのは確かだったようです。

10月から私の隣家が、住居の改築工事をしています。取りかかる前に、隣家の奥様と施工会社の方とが、ご迷惑をかけますと一緒に挨拶に見えていました。我が家には全く影響がないのにご丁寧なと思っていたら、数日後、今日から足場を組み始めて解体に入りますと、会社の方が菓子折りまで持ってまたおいでになりました。家屋の解体というと、私の頭にあるのは戦時中の建物疎開なので、音響も埃《ほこり》も当然と思っていたのに、何と全く静かなのに驚きました。壊すのではなくて、頑丈に組んだ足場を使って古い家の材木を一本々々、一枚々々ずつ解《ほぐ》していくのです。その材木の中には再利用してもらえるのもあるのかもしれません。

お隣りの工事のおかげで、平和な日本に生きる幸せを再認識しています。

2022年11月19日

第12号

元歌　塩鮭《しおざけ》を包みて吊す新聞に「敵艦轟沈《ごうちん》」の文字太く見ゆ　小林　忠

（『昭和萬葉集　巻六　昭和16～20年』）

もじり歌　束ねたる古新聞に太き文字「日本決勝T進出」と

12月に入ってすぐ、今年もまた『昭和萬葉集　巻六』が書棚から机の上に引越しました。年末になった今も机の上に置かれたままで、たびたび開いては、戦時中の短歌を読んでいます。

『昭和萬葉集　巻六』は「日本、世界と戦う」という項目で始まっていて、元歌の「塩鮭を」の歌は、太平洋戦争開戦2日後のマレー沖海戦で、イギリス東洋艦隊の戦艦プリンス・オブ・ウェールズとレパルスの2隻、駆逐艦1隻を撃沈したというニュースを報じた新聞を見て詠んだ歌です。その頃は塩鮭は貴重な保存食でした。新聞紙もまた様々に活用された貴重な紙でした。
「轟沈」という言葉の注釈が〈攻撃により瞬時（1分以内）に艦船が沈むこと〉と書かれているのを見て、戦時中、漠然と捉えていた「撃沈」と「轟沈」の境界線を、今回初めて知りました。
同じページに載っていた歌、
バスを待つ暫《しば》し が間《ま》にも轟沈とふ新語がしばしば繰返されぬ　　吉田　六郎
を読んで、「轟沈」が戦争の生んだ当時の新語だったことも初めて知り、戦争は、言葉の歴史をも血で汚してしまうという恐ろしさを、改めて実感しました。
12月前半の新聞を束ねてあったのを何気なく見たら、一番上になっていた3日の「東奥日報」1面トップに、サッカーで日本がスペインに勝った記事が「日本決勝T進出」という大見出しで載っていました。
同じ読み終わった新聞紙でも、昔は包み紙に利用され、今は再生紙になる以外は燃やせるゴミ。トップ記事も、昔戦争、今スポーツ、「敵艦轟沈」と「決勝T進出」とでは何たる違いでしょう。コロナ禍であっても、物価高であっても、戦争のない国で生きられることに感謝です。

元歌　秋は来ぬ年も半ばにすぎぬとや荻《おぎ》吹く風のおどろかすらむ　寂《じゃく》然《ねん》

秋が来ましたよ。この年も半分にまで過ぎてしまいましたよ。荻の葉を吹く風の音が注意を呼びおこしてくれるのかなあ。（『千載集・巻四・秋』）

もじり歌　冬が来た今年ものこりあとわずか九十の頬に吹くか春風

私にとって、今年の秋は「秋は来ぬ」の感慨が格別でした。満90歳を迎えたのです。90歳まで生きるとは予定外でした。季節の移り変わりは、周囲の風物詩が様々の風情を交えながら定期的に教えてくれますが、90代を歩む人生の厳しさは、自分自身の感覚が否応《いやおう》なしに突然伝えてきます。

私の場合、若い時とほとんど変わらずに働いてくれているのは、首の中だけになりました。咽喉《のど》はまだ健康らしくて、大きな声は出ますし、食べ物を飲み込むのもつるりと通過します。でも、一人暮らしに大声は無用ですし、飲み込みはつるりでも90歳の胃袋は少量しか要求しません。宝の持ち腐れの状態にある咽喉に感謝の気持ちを込めて、手抜き料理のレパートリーを増やすことと、長年勤務した中学校の大好きな校歌（教訓的な言葉が皆無というのは誇るべき）の3番を、替え歌で毎朝歌うことを心がけています。

替え歌は、こんな歌です。（　）の中が元歌で、作詞者は学校創立時の初代主事（現在の校長職）だった小野正文先生です。

松吹く風はさわげども
四季の移りの静かなる
城のほとりの（学び舎）陋屋《ろうおく》に
（三年《みとせ》）九十のわざを楽しみて
幸いの（国うちたてん）今日を生きゆかん

ちなみに、わたしの「九十のわざ」が何かと言いますと、麻雀・パズル・テレビ・読書と、すべて椅子に座ってできるものばかりなのですが、麻雀はコロナ発生以来休業中、書店をぶらつくこともネマリストの私にはだんだん難しくなってきて、読書を楽しむ時間も減りました。

「わざ」に費やす時間がぐんと少なくなっているのに、今月の「もじり歌通信」がすっかり遅くなってしまいました。何をするにも動作が緩慢になったのと、思考力の衰えたのが原因だろうと思います。「もじり歌通信」の発端は、弘前市周辺に住む中央高校同期生の昼食会がコロナ禍で中断されたことからでした。それが少しずつ遠隔地の同期生、私個人の知人の方へもと広がって、今年は、月1回定期的に送らせていただきました。コロナ禍で外出する機会がなくなった、手紙が来ると嬉しいと言ってくださった方に、多少でも役に立てたとしたら嬉しく思います。

来年は、感染予防の規制が緩んで、私たちの行動も、多少は広げて楽しめそうな気がします。今が「もじり歌通信」を終了する潮時だとは思うのですが、春風の吹く頃まで続けさせてくださいませんでしょうか。パソコンを打つ定期的な用事があるというのは、ネマリストの老人にとって大変ありがたいことです。よろしくお願いいたします。
来年こそは地球上に平和を。勝手ですが、せめて日本だけでもと祈ります。

２０２２年12月25日

第13号

元歌　よきも著《き》ずうまきも食《く》はず然《しか》れども児等《こら》と楽しみ心足《た》らへり　伊藤《いとう》　左千夫《さちお》

よい着物も着ず、うまい物も食わない。そんな質素な生活をしているけれども、子供らと日々を楽しく暮らして、自分の心は満足している。（『贈訂左千夫歌集』）

もじり歌　よきも着ずうまきも食わず然れども若きらと語り心あたたか

小説『野菊の墓』の作者としても知られているアララギ派の歌人伊藤左千夫は、1913（大正2）年48歳で亡くなりました。この元歌は、1908（明治41）年の作品です。左千夫は4男9女の子だくさんでしたが、男の子はすべて夭逝し、この歌を詠んだ当時は、7人の子の親でした。『贈訂左千夫歌集』には、

両親《ふたおや》の四つの腕《かいな》に七人《ななたり》の子をかきいだき坂路のぼるも

七人の児《こ》らが幸《さき》くば父母はうもれ果つとも悔いなくおもほゆ

などの作品があります。

ところで、私の今年の正月は、７人の子を子育て中の伊藤左千夫とは違って、着ようと思えば晴れ着も箪笥の中にあり、美味しいものも買おうと思えば買えるのに、全く「よきも着ず、うまきも食わず」で過ごしてしまいました。ほんの少し体調を崩したのを言い訳に、90歳という年齢が怠け心を活動させてくれたようです。

嬉しいことに、私が大学に勤務していた時の最後のゼミ生たちが、例年通り正月３日、我が家に集まってくれました。学生の時から続いてきた私の手料理が全くゼロであることにも、正月の飾り物の全くない雑然とした座敷にも、私のめっきり年取った姿にも、素知らぬ顔で賑やかに歓談してくれました。

全員が小学校教諭なのですが、昨年、一昨年と、コロナ禍で大変だったでしょうに、話題が明るく前向きだったのが、お酒なしの席を盛り上げてくれました。ただ一つ、教育予算を増やしてくれるのだったら、人の数を増やして欲しい。機械なんかよりも人間がまず第一。ということが話題になった時に、そろって目がぱっちりと丸くなって声が大きくなったのにはびっくりしました。私の瞼が垂れ下がってしまったのは老化のせいばかりではなくて、よく考えて物を見たり、物事に感動したりすることがなくなったからかなと、反省した次第です。

このゼミ生たちの卒業式の日、3年ごとに集まることにしようと話しているのを聞いて、「私がこの後10年生きるとしたら、あなたたちと3回会えるということね」という言葉が思わず出てしまいました。それでは私に悪いと学生たちも思ったらしくて毎年集まることになったのですが、私は10年の倍以上も長生きして20回以上も新年会が続いています。今年も新しい時代の息吹きを吸わせてもらうことができました。不思議なことに、翌日には体調もすっかり快復していました。「よきも着ず、うまきも食わず」とも正月を無事過ごしました。

元歌　箸おきてひとり酌するこの夕べ　いのちを洗ふごとくすずしき

尾山《おやま》　篤二郎《とくじろう》

食事の箸を置いてひとりで酌をする。この夕食時は、命を洗い清める思いがするほど爽やかで気持ちがよいことだ。

（歌集『さすらひ』）

もじり歌　箸おきてひとりお茶飲むこの夕べ　明日も生きよういのち静かに

尾山篤二郎は、商業学校時代に、膝関節結核を患い右足を大腿部から切断という障害を負った人生でした。金沢市出身の歌人です。同じ地の出身である室生犀星、泉鏡花、徳田秋声らの陰に隠れて、あまり知られることなく1963（昭和38）年73歳で亡くなりました。この元歌は、1955年69歳の正月2日に詠んだ作品です。孤独感も感じられますが、「いのちを洗ふごとくすずしき」には、新年を迎えた心の張りがすがやかに表現されていて、私の好きな歌です。

我が家の縁側が、屋根から落ちた雪ですっぽり埋もれてしまっている今の季節、夕食後のお茶を飲んでいると、この歌が私の脳裏に浮かんできます。
作者がこの歌を詠んだ年齢を私は20年も超えて、その間ずっと一人暮らしを続けてきました。夫の生前、一緒の夕食の時は私もちょっぴり晩酌のお相伴をしていたのに、今は、小さな缶ビールさえ開ける気になれず、飲むのはお茶ばかり。でも、私には修理品ながら足が2本まだ揃っているのは幸せ。尾山氏の「いのちを洗ふごとくすずしき」心に負けずに、明日もおだやかに生きようと、気持ちが明るくなるのです。
嬉しいことに、今年の「いのち」を最初に洗ってもらう予定の本が、私の年の始めの雑用が終わるのを、書棚の隅で待ってくれています。
本の題名は『ポエトリー・ドッグス』
著者　斉藤　倫　　出版社　講談社（2022年10月27日発行）
定価　1、600円（税別）　　189ページの小型の本です
たまには今風の本も読もうかと買ってみました。帯紙には、こう書いています。
「このバーでは、詩を、お出ししているのです」

今夜も、いぬのマスターのおまかせで。

詩人・斉藤倫がおくる、詩といまを生きる本。

というようなことで、与えられた命のある間、今年ものんびりと生きたいと願いますが、ウクライナとロシアの紛争は、いつまで続き、どこまで拡大するのでしょうか。日本が世界を相手に戦った戦争が終わって78年目、私たちは、我が子を戦場に送り出すという明治維新以来親たちが体験し続けてきた悲しみに、遭遇することなく生きることができました。この幸せが永遠であることをひたすら祈るのみです。

２０２３年１月30日

第14号

元歌　重臣閣僚殺戮《さつりく》されしと知れながら一行《いちぎょう》も触《ふ》れぬ新聞をつくる　亀山《かめやま》美明《みめい》

（『昭和萬葉集　巻三　昭和9年～11年』）

もじり歌　重臣閣僚殺戮されし二・二六事件　知る人少なし昭和の史実

あと数日で2月26日がやってきます。二・二六事件のあった日から87年が過ぎました。当時3歳だった私が90歳ですので、その時のことを多少とも知っている人は１００歳以上ということになります。

『広辞苑』の〔二・二六事件〕の箇所を引いてみますと、わずか7行の解説文の最初が〈１９３６(昭和11)年2月26日、陸軍の皇道派青年将校らが、国家改造・統制派打倒を目指し、約1、４００名の部隊を率いて首相官邸などを襲撃したクーデター事件。〉という文で始まっています。「皇道派」というのは、天皇中心の国体至上主義を信奉する陸軍内の派閥で、「統制派」は、それと対立して、財閥・官僚と結んで軍部勢力の総力戦体制を目指し軍部内の統制を主張しました。

皇道派率いる部隊は、首相官邸その他を襲撃、千代田区の当時建設中だった国会議事堂付近から首相官邸・警視庁など永田町一帯を占拠しましたが、28日戒厳令が発せられ、クーデターは軍隊によって鎮圧されました。旧憲法のもとには、戦時・事変に際し、立法・行政・司法の事務の全部または一部を軍の機関に委ねるという法令があり、戒厳令と言われたこの法令の適用で皇道派は消滅し、二・二六事件以後は統制派が軍部の主導権を握りました。

これほどの大事件を、私は、両親からその時の模様を全く聞いたことがありませんでした。元歌の作者は、当時38歳、毎日新聞に勤務していました。新聞もラジオも報道が厳しく規制されていたようで、東京から遠く離れた本州北端の田舎町に住んでいた庶民には、さほど影響がなかったのでしょうか。この年2月は、東京では雪が多く、4日、7日、8日、23日と降り、4日、23日はともに積雪30センチをこえ、26日も未明から雪が降り出して、停電などのため正確な情報が伝わりにくかったということもあったそうです。

元歌　岡に来て両腕に白き帆を張れば風はさかんな海賊のうた　斎藤《さいとう》　史《ふみ》

（『昭和萬葉集　巻三　昭和9年〜11年』）

もじり歌　岡に来て両腕に白い帆を張れば風はさわやか平和を謳《うた》う

私がこの元歌を知ったのは30代になってからでした。中学校の国語の教科書に載っていたのが出会いだったような気がするのですが、さだかではありません。

斎藤史の父、斎藤瀏《りゅう》は、陸軍大学を卒業した軍人でした。1928(昭和3)年49歳の時に少将で現役を退き、二・二六事件の時は予備役でしたが事件に連座、反乱幇助《ほうじょ》で禁固5年の刑に処せられました。

斎藤史は、たくさんの優れた歌を遺して2002年93歳で亡くなりました。父の瀏も

1953年74歳で亡くなるまで歌人としての人生を送りました。

事々《ことごと》に酒のむ機《しお》をつくりつつ生活《くらし》せまると言ふあはれなり
黙《もだ》し居《い》るこの百姓にいまもかも憤怒《ふんぬ》なきものとわが思はなくに
娘《こ》をうりし金を蕩尽《つく》して酒のむも自暴自棄《じぼうじき》にはあらざる如し

＊機＝機会　いまもかも＝この今も　蕩尽して＝すっかりつかいはたして

この3首は、昭和9年の東北大凶作地の農民を詠んだ瀏の歌です。当時の軍隊には、召集令状で入隊させられた、農家の大事な働き手である青年が大勢いました。クーデターは、この貧しい農家の惨状をどうにかしなければという、若い将校たちの思いが基盤となって決起されたと言われています。事件後、銃殺処刑された将校は13名、次の辞世の歌の作者は、そのなかの一人です。

道の為身を尽したる丈夫《ますらお》の心の花は高く咲きける　栗原《くりはら》　安秀《やすひで》

斎藤史は、1歳年上の栗原安秀とは北海道での小学校1年生の時からの幼友達でした。2人の父親は同じ師団の軍人で、同じ官舎街に住み、子供たちの年齢も同じくらい、学校も同じなら家に帰ってからも遊び友達、家族ぐるみの付き合いでした。

その後、三重県の津市へ転任すると栗原家とまた一緒になり、父の退職後東京へ帰って渋谷に住むと、栗原一家も偶然渋谷に居て、陸軍少尉になっていた彼との交遊はたちまち回復しました。でも、楽しかったのほほんの短い期間だったのです。

3月4日、軍法会議が開始され、一審、上告なし、非公開、弁護人なしの裁判はあっという間に終わって、7月5日、判決が出ました。

斎藤史の歌集『魚歌』に「七月十二日、処刑帰土。わが友らが父と、わが父とは旧友なり。わが友らと我とも幼時より共に学び遊び、廿年の友情最後まで変らざりき」という詞書のある連作が掲載されていますが、その最後の歌には、「くりこ」「史公」と呼び合った幼い頃、一緒に黒く透き通った艶のある黒曜石《こくようせき》の矢尻を拾った思い出を詠んでいます。

北蝦夷《きたえぞ》の古きアイヌのたたかひの矢の根など愛す少年なりき

元歌の〈岡に来て両腕《もろうで》に白い帆を張れば風はさかんな海賊のうた〉は、斎藤史の作品のなかでも、私の心に一番残っている歌です。父の入獄中に詠んだ歌だと思うのですが、〈風はさかんな海賊のうた〉には、私たちには想像できない感慨がこめられているのではないでしょうか。そんな歌をもじり歌に使うというのは気が咎《とが》めたのですが、二・二六事件に関わった人々も含めて、新しい憲法の礎《いしずえ》となった人々への慰霊の気持ちを〈風はさわやか平和を謳《うた》う〉とさせていただきました。

ロシアのウクライナ侵攻から1年、世界を吹く風が平和を謳う日の早からんことを祈ります。

2023年2月23日

第15号

元歌　たのしみはまれに魚煮て児《こ》ら皆がうましうましといひて食ふ時　橘《たちばな》曙覧《あけみ》

（『志濃夫廼舎歌集』）

もじり歌　たのしみは食材はずみ久々に好みの味に調理する時

一人暮らしをするようになって20年が過ぎました。全く自由気ままの毎日です。家事に費やす時間の中では、食事のための時間がかなり多いのが普通ではないかと思うのですが、私の場合、それが、ほんのわずかの時間なのです。

両足を修理している私には買い物は無理ですので、我が家の家事主任を担当してくれている女性に頼んでいるのですが、これが、私の乏しいフトコロを維持できる大きな要因になっているようです。台所に常備しておく調味料や洗剤の類は、使い切る前に家事主任が補充してくれるのですが、おかずの材料などは、私が食べたいものを指定しています。

これがまた節約に役立って、その時食べたいものしか思い浮かびません。自分で買い物に出掛けていた時は、予定外の美味しそうなものについつい手が出て、余分な物まで買い込むのが当たり前になっていました。最近は、食べたいものを考えることすら省略して、美味しかったものを連続何回も買ってもらい、一汁一菜の同じ食事が続いたりしています。家事主任いわく「簡単に好きなものですませられて羨ましい。食べさせる人が居ると、昨日と同じものというわけにはいかないし、今晩何にしようかしら」と、私の貧しい食事を羨んでいます。

調理は、足は駄目でも手があるさと、なるべく自分の手でするのですが、健康食など何《ど》処《こ》吹く風、これ以上の長生き無用と、感心なお嫁さんからは絶対食べさせてもらえないような味付けの手抜き料理を楽しんでいます。

例えば、洋風スープの素を使ってあっさり味のシチューを多めに作り、翌日は、トマトケチャップを加えて味を変え、その次の日は、カレーライスの素を加えてカレーうどんにと、同じ鍋で間に合わせれば、2日めと3日めは、用意スタートから食べ終わって後片付け終了まで30分あれば十分。90歳の一人暮らしも、悪いことばかりではありません。

元歌　たのしみは人も訪《と》ひこず事もなく心を入れて書《ふみ》を見る時

橘《たちばな》　曙覧《あけみ》

（『志濃夫廼舎歌集』）

もじり歌　たのしみは人の訪《と》いきて賑やかに心開きて話し合う時

90歳ともなると、周囲がどんどん寂しくなるのは当然ですが、コロナ禍でそれが急速に進んで、同じ弘前市内に住む人とすら会う機会が減ってしまいました。せめて電話だけでもと長電話を楽しんでいる人も多いようで、私もその一人ですが、幸い私は、直接話し相手になってくれる人が何人かいて、「書《ふみ》を見る時」とは違った「たのしみ」を味わわせてもらっています。

何人かの中のトップは、パートで働いてもらっている、普通は「お手伝い」というのでしょうが、我が家の家事はほとんど彼女ですので、「家事主任」です。彼女は北海道育ちで言葉が一音一音はっきりしているので、耳が遠くなりかかっている私にもよく聞こえて、仕事をしながら他愛のない会話を交わしています。

次に話す機会の多いのは、ちょっとした用事がらみで、週一度一緒になる70代と50代の女性です。それに私の90代が加わって、親子3代、ほぼ20歳ずつ違うトリオなのですが、それがなかなか面白い取り合わせで、大抵のものの順番が年齢順に決まっているのです。

車の運転は、私は免許なし。あとの二人は毎日車を運転しているのですが、腕前は、50代が断然上のようです。パソコンも、私はワープロに毛も生えていない程度。50代は自分の手足のごとく自由自在。70代は二人の間なのですが、私からは遠く離れて50代の近くです。

ですが、70代が真ん中よりも50代寄りなのは、この二つぐらいで、私のほうに近いものが大部分です。例えば衣類。秋風が吹き始めると、私は寒さが身に染みて早々と着ぶくれてしまうのですが、50代は爽やかに夏姿のまま。70代はその中間なのですが、かなり秋めいて50代よりも90代寄りです。

回転寿司に連れていってもらったことがありました。私にとっては何年ぶりかの回転寿司だったのですが、以前と模様がすっかり変わって、注文した寿司がレールに乗って真ん前にやってきたのには驚きました。握りの種もカタカナ名前の洋風のものまでいろいろあって、ただただびっくり。50代が注文するのは、そうしたカタカナのほか、タラのシラコやホヤなど、これまで寿司の種になるとは思ってもみなかったものばかり。私は新しいものに挑戦する度胸がなくて、昔ながらのマグロ、ヒラメ、ウニといったところで終わってしまいました。70代が注文したのもカタカナは1品ぐらいで、私と似たようなものが多かったようです。

最後に重ねた色別の空き皿で精算するのですが、そこで初めて店員さんが顔を見せて、重なった皿の脇を細長い機械がひと撫《な》でしたら、瞬時に金額が現れました。ここでも、最も皿数の多いのが50代、少ないのが90代、真ん中よりもやや90代寄りが70代でした。

人の手が機械に、漢字・ひらがなの日本語がカタカナ語にと、どんどん変わっていくなかで、私がどうにかパソコンで文章を書き、カタカナ語とアルファベットの大文字を並べた略語だらけの新聞を読めるのは、毎週会える親子3代トリオをはじめ、時々訪ねてきてくれる年下の人たちから、談笑しながら内外のニュースを教えてもらったりできるからだという気がします。マスクなしで集える日の早からんことを祈ります。

2023年3月30日

第16号

元歌　われらとはに戦はざらんかく誓ひ干戈《かんか》はすてつ人類のため　土岐《とき》　善麿《ぜんまろ》

（『昭和萬葉集　巻七　昭和20年〜22年』）

＊とはに＝とわに　永久に　＊干戈＝干《たて》と戈《ほこ》　武器

もじり歌　われら永遠《とわ》に戦《いくさ》はせずと誓いしを確かめあおう憲法記念日

5月3日は「憲法記念日」です。それまでの明治憲法とは全く違う、ひらがな・口語体の新しい憲法が発表されたのが終戦翌年の1946（昭和21）年4月、半年後の10月国会で成立して、11月3日公布。翌1947年5月3日現在の日本国憲法が施行されました。その年、4月から学校教育が6・3・3の新制度に移行し、旧制の女学校に入学した私たちは、同じ校舎で学びながら、青森県立弘前高等女学校併設中学校という長い校名の3年生でした。

新憲法が施行されて間もなく、全国の中学生全員に文部省から「あたらしい憲法のはなし」というテキストが配付されました。憲法を中学生にも理解できるように、分かりやすく確かな文章で解説したもので、今も名著として憲法に関心のある人たちの間で読まれていますが、当時はあまり活用されなかったようです。私もこれを使って特に授業を受けたことがなくて、普通の夜の読書と同じように軽い気持ちで自宅で読んだだけだったのですが、近年、復刻本を購入して開いた時に、一番先に「戦争放棄」の章のカットが目に入って「あっ、そうだ、このカットだった」と、「六　戦争の放棄」の章を最初に読んだことを思い出しました。戦争放棄の箇所は、特別念入りに何回か読んでいたようです。私の心の中に、戦争の放棄を中核とする「あたらしい憲法のはなし」が、ずっと生き続けてくれていたことに、80歳を過ぎて気が付きました。

地球全体が不穏な空気に包まれている昨今、平和憲法の誇りを維持したいと、切に願います。

元歌　をみな吾《わ》れ六十路をこえて町会の議席の一つにつく日を得たり　高村しげ子

（『昭和萬葉集　巻七　昭和20年～22年』）

もじり歌　おみなわれ九十をこえて独り生く新憲法がくれたしあわせ

新しい憲法が施行された１９４７（昭和22）年、元歌の作者は50代後半でした。次の選挙の時には、女性の自分も町会議員になろうと思えばなれるのだという喜びを詠んだのだろうと思います。

初めて女性が選挙権を行使したのは、新憲法施行前の終戦の翌年、１９４６（昭和21）年4月10日行われた衆議院議員選挙でした。女性候補89名中39名が当選して、戦前からの婦人参政権運動はようやく結実されたのですが、新憲法施行前に実施されたのは、前年10月11日、マッカーサー司令部から出された「五大改革指令」による措置でした。

「五大改革指令」というのは、婦人参政権などの女性の解放、労働組合の結成、教育民主化、秘密警察司法制度撤廃、経済民主化の5項目、人権確保についての指令です。新憲法への路線は、終戦直後から着々と準備されていたわけです。

初めての投票の日、空襲で被災した私の母は、実家の妹からもらったよそゆきの着物に着替えて、いそいそと出掛けていきました。私の卒業した高校の前身が母の母校の女学校なのですが、母が4年生の時に、後に婦人運動の指導者として名を馳せた神近市子が在職していたそうです。神近が女子英学塾(津田塾大学の前身)に在学中、平塚雷鳥の青踏社の運動に参加していたことを知った校長に退職を強要されて、わずか半年間の女学校勤務だったのですが、母の同級生たちにとっては、そんな思い出もあって、初めての投票には様々の感慨があったようです。

社会人としての人生を新しい憲法のもとでスタートした私は、日ごとに男女差別の解消されていく職場で、70歳まで楽しく仕事を続けることができました。夫の死後、今も独り暮らしを可能にしているのは、男女平等の世界で少数派の女性の一人として働いたことが、私を強く支えてくれているからだと、感謝しています。

2023年4月30日

追伸

《もじり歌通信》を始めたのは何時《いつ》からだったかしらと、パソコンのファイルを開いてみましたら、２０２１年2月のが見つかりました。もっと古いのもあったのかもしれませんが、コロナ禍が始まって間もなく、中断されたたかみ会の昼食会の何人かの人たちに手紙を出したのが始まりでしたから、現在のように受け取ってくださる方の範囲を広げたのは、この4月の号の頃だったかと思います。

もう2年も続いていたとは、自分でも驚きました。お付合いくださったことに感謝いたします。去年までは、月半ばまでには発送していたのですが、今年に入ってコロナ禍が穏やかになってからは老人なりの仕事が増えて、遅れがちになってしまいました。特に今月は月末になってしまい、申しわけございません。そちらに着くのは連休明けになろうかと思います。

戦争を多少ながら知る世代として、書き残したいことを今後もしばらく続けさせていただきます。読んでいただければ嬉しく存じます。

第17号

元歌　忍《しの》ぶれど　色に出《い》でにけり　わが恋は　物や思ふと　人の問ふまで
平《たいらの》　兼盛《かねもり》（『拾遺集・巻十一・恋一』）

心のうちに忍び続けていたけれど、とうとう顔色に出てしまったよ、私の恋は。「何か物思いでもしているのか」と人が尋ねるほどに。

もじり歌　忍ぶれど　色に出にけり　年金日　よき事ありやと　人の問うまで

私が自分の生存期限を80歳と勝手に推測して決めたのは、夫と死別した70歳の時でした。それ以来、80歳までは残りわずか、これで我慢しようと、畳が擦り切れてもそのまま、体重が減ってぶかぶかになった洋服も何とか間に合わせて新調せず、という生活ながら、それでも、いくばくかの預金を80歳までの年数で割った金額を毎年年金に加えて、70代は、夫の生存中とさほど違わない多少余裕のある暮らしをしていました。ところが、予定した期限の80歳を過ぎても、夫はいっこうに迎えに来る気配がなく、予定外の10年を生きてきました。体力も脳力も年々加速度的に後退するのは当然ですが、台所の仕事をする程度の体力と新聞を大雑把に読む程度の脳力は、幸運にもまだ残っていて、一人暮らしを続けています。

預金は、80代になって間もなく予定通り残高ゼロ。倹約しなければと、会計年度ならぬ「会計月度」を1日から月末までと決めて、2か月分振り込まれる年金を、月の終わりに次の月の1か月分ずつ現金化することにしました。それまで嬉しい年金日は2か月に一度だったのが、毎月「にっこりの日」が月末にできたわけです。偶数月の15日というかつての年金日は、いつしか忘却の彼方へと去っていました。

昨年2月15日、朝8時に9時半のタクシーの予約申込をしたら、午前中は予約満杯ですと2社から断られました。あきらめて12時半ごろ再度電話したら、20分ぐらいかかりますがということでしたが、配車してくれました。今日は何か行事でもあるのかと運転手さんに訊きましたら、年金の支給日は予約でいっぱいなのだとのこと。予約しておいたタクシーでお金をおろし、その後スーパーなどで買い物をして、またタクシーで帰るのだそうです。皆さん、きっと私の月末と同様、嬉しい笑顔で偶数月の15日を迎えられるのだと思います。

元歌　恋すてふ　わが名はまだき　立ちにけり　人知れずこそ　思ひそめしか

壬生《みぶの》　忠見《ただみ》（『拾遺集・巻十一・恋二』）

恋をしているという私の評判は、早くも立ってしまったよ。私は、人知れず、ひそかに恋しはじめたのだが。＊恋すてふ＝恋をしているという　＊まだき＝早くも

もじり歌　ボケたという我が名はまだき立ちにけり　ほんのちょっぴり老いたつもりが

『拾遺集』に「天暦《てんりやく》の御時《おんとき》の歌合《うたあわせ》　壬生忠見」とありますが、「天暦」は年号ではなく、村上天皇の治めている御代《みよ》という意味で、天徳4（961）年3月30日、宮中で行われた歌

合せの時の歌です。歌合せというのは、二組に分かれて、和歌を比べ合わせて優劣を争う遊びで、平安時代流行していました。

話が後先になりましたが、平兼盛の「忍ぶれど」の歌も、同じ天暦の歌合せの時の歌です。「忍ぶれど」が20番右、「恋すてふ」が20番左で競い合って、勝ったのは「忍ぶれど」でした。「忍ぶれど」が曲折ある内容の才気あふれる歌とすれば、「恋すてふ」は、しみじみとした情趣のにじみ出た歌で、華やかな歌合せの場では不利だろうとも言われていますが、勝負の判定に関してのこんな逸話が伝えられています。

両方の歌ともすぐれていて、判者藤原実頼《さねより》は勝負がつけられず、源高明《たかあき》に判定させようとしましたが、高明も決められずにいたところ、天皇が小さな声で「忍ぶれど……」と口ずさまれたので、天皇の心を推し測って「忍ぶれど」を勝ちにしたと、実頼が記しています。忠見は落胆して、不食《ふじき》の病《やまい》になり没したとも言われていますが、これは信用できる話ではないようです。

かつて盛んに行われた歌合せの中でも、最も引用されて今も世に知られているのが、この天暦の歌合せの2人の歌です。『小倉百人一首』にも40番、41番と、並んで選ばれていて、カルタ競技の得意札にしている人も多いようです。

もじり歌は、雅やかな歌合せとは何の関係もない、冬ごもりを終えて久し振りに外界の空気を吸った時の、私の心境との単なる語呂合わせです。

2023年5月31日

第18号

元歌　**風そよぐならの小川の夕暮は　みそぎぞ夏のしるしなりける　藤原家隆《ふじわらのいえたか》**

（『新勅撰集・巻三・夏』）

風がそよそよと楢《なら》の葉に吹いている。このならの小川の夕暮れは、（涼しくて秋がきたような感じだが）みそぎが行われているのが夏の証拠であるよ。

もじり歌　**風さやかバルキータイツよ　さようなら　素足は夏のしるしなりけり**

元歌は『小倉百人一首』にも採られていて、わずか夏の季節の歌4首のなかの1首です。ちょうど新暦の6月、今頃の季節の歌ではないかと思うのですが、今年の日本列島は、初夏とは言えない暑さが続きました。

老人は熱中症に罹《かか》る人が多いというので、厚着をするな、水を飲めと、親切な若い人たちにやたらに注意してもらうのですが、老人は本当に寒いのだということが、自分が老人になって実感することができました。原因はいろいろあるのでしょうが、動かないことが一番の原因だと思います。

独り暮らしの私は、パズル・読書（というほどの本を読んでるわけではありませんが）・テレビと、ほとんど終日ネマリストの生活ですので、それがよく分かります。我が家の台所は暖房が不備で冬は寒いのですが、台所の仕事に立つ時は、上着を脱ぐことにしています。手抜き料理をするだけなのですが、ちょっと動くだけで汗ばんでしまいます。ましてや夏は、家の中を歩いただけで汗びっしょりです。でも、静かに座っていると寒いのです。そこで、年間通して脱いだり着たりの楽な不格好な姿をしているのですが、足腰だけは寒いのが極端に嫌いで、「サトキン先生がバルキータイツを脱いだ。もうすっかり春である」と、生徒に作文に書かれるほど、若い時から防寒タイツを愛用してきました。親指の爪の当たるところに穴のあいた現役時代のタイツを、勿体《もったい》ないとごっそり保管しておいたのが、現在の年金生活を潤しています。

元歌　噴水が輝きながら立ちあがる見よ天を指す光の束を　佐々木幸綱《ささきゆきつな》

（『現代の短歌　目で見る日本の詩歌　14』）

もじり歌　澄んだ水が輝きながら流れ出る見よ水道の恵みの束を

元歌の作者は1938年生まれ、現在活躍中の歌人です。力強い表現の作品が多く、「見よ天を指す……」といった表現には、その特徴が鮮やかに描かれていて、私の好きな作品です。

噴水は、大都会では容易に見受けられる光景なのでしょうが、この辺りでは目にすることがなくて、私の記憶にあるのは、30年ほど前出張先で見たのが最後です。

私が初めて「光の束」ならぬ「水の束」に感動したのは、9歳の春でした。それまで住んでいた町では、井戸水を手押しポンプで吸い上げていたのですが、県庁所在地の青森市に移り住んで水道に出会ったのです。栓をひねっただけで無色透明の水の束が、同じ太さで、同じスピードで、途切れることなく流れ出てくるのです。感激でした。

同じ水道水に全く違った感動を覚えたのは、それから3年後、青森市が空襲で焼け野原になった時でした。当時の建造物のほとんどが木造でしたので、ものすごい火力の油脂《ゆし》焼夷弾《しょういだん》が市街地を一面焼き尽くして、焼け跡には裸《はだか》の水道管がにょきにょき立っていました。栓をひねると、水の束が躍《おど》り出ました。

翌日から、焼け残った家に何世帯もがひしめきあって暮らすという厳しい日々が続いたのですが、近くの焼け跡まで出掛けると水は十分に使えて、人間が生きていくうえで一番必要とする水に不自由しなかったというのは、本当に幸運だったのだと思います。

90歳の私は、周囲からたくさんの人的物的の恩恵を受けて独り暮らしをしているのですが、水道もその一つです。ウクライナのダムが爆撃されたというニュースから、水道に関わる様々のことを思い起こしました。

２０２３年6月23日

第19号

元歌　口ぐせに愛国行進曲うたふ子供らの二十年後は如何《いかが》なるらむ　武井　吉郎

（『昭和萬葉集　巻四　昭和12年〜14年』）

もじり歌　非常時下「愛国行進曲」歌いし子らの　二十年後は「青い山脈」

7月7日は、日中戦争の勃発記念日です。1937（昭和12）年7月7日、北京郊外の盧《ろ》溝橋《こうきょう》に起こった衝突事件は、対中国侵略戦争の口火となり、「北支事件」から「支那事変」へと戦火は急速に広がりました。元歌は『昭和萬葉集―非常時下の子ら』からの一首です。作者は当時37歳の小学校教員、1938年支那事変2年目の作品です。

「愛国行進曲」というのは、事変が始まってすぐに内閣情報部が歌詞と曲を一般から募集、その年のうちに選定を終えて発表したもので、戦時中、何かと言えば歌わせられた記憶があります。今回『昭和萬葉集』の短歌の中に「愛国行進曲」の文字を見つけて、何十年ぶりかで歌ってみました。なんと驚いたことに、一番がすらすら歌えたのです。

見よ東海の空あけて　旭日《きよくじつ》高く輝けば
天地の生気はつらつと　希望は躍る大八洲《おおやしま》
おお晴朗の朝雲に　そびゆる富士の姿こそ
キンオウムケツ揺るぎなき　わが日本の誇りなれ

もちろん子供の時は、言葉の意味など全く分からないままに歌っていたのですが、歌いながら書いてみて、なるほどこういう漢字だったのかと今になって歌詞の内容が理解できました。ところが、「キンオウムケツ」だけは、さっぱり分かりません。日ごろ愛用している机上の『新明解国語辞典』を引いてみましたら、これまで私の目に入ったことのなかった言葉がちゃんと載っていました。

【金甌無欠】〔「金甌」は金のかめ、の意〕国家の主権が確立していて、外国に降伏したことがないこと。〔第二次世界大戦に敗れるまでの日本を自ら指した〕

二番以下はどういう歌詞なのだろうと調べてみました。

起《た》て一系の大君《おおきみ》を　光と永久《とわ》に戴きて
臣民われら皆共に　御稜威《みいつ》に副《そ》わん大使命
往《ゆ》け八紘《はっこう》を宇《いえ》となし　四海の人を導きて
正しき平和うち建てん　理想は花と咲き薫る

いま幾度《いくたび》かわが上に　試練の嵐哮《たけ》るとも
断乎《だんこ》と守れその正義　進まん道は一つのみ
ああ幽遠の神代《かみよ》より　轟く歩調うけつぎて
大行進の行く彼方《かなた》　皇国《こうこく》つねに栄《さかえ》あり

よくもまあ意味も分からずに、子供たちが、この難しい言葉の歌を暗唱していたものだと、改めて驚きました。作詞者の森川幸雄氏が、この「愛国行進曲」で懸賞当選した時、

23歳だったというのも驚きでした。

「愛国行進曲」が世に出た時、私は5歳。今回の元歌の作者武井氏が歌の中に詠んでいる「20年後」は、私が社会人になって3年目。高校時代の仲間の集いで歌う歌の中に必ず登場するのが「青い山脈」でした。

石坂洋次郎の小説『青い山脈』が朝日新聞に連載されて、連日私たちの話題を賑わしたのは1947(昭和22)年、その2年後映画化されて、当時高校生だった私たちにとって青春時代の最も強烈な思い出の映画となりました。

若く明るい　歌声に
雪崩は消える　花も咲く
青い山脈　雪割桜
空のはて
今日もわれらの　夢を呼ぶ

これは、その映画の主題歌ですが、今も私たちの世代を中心に、戦後の復興期に青春時代を送った人たちの愛唱歌として歌い続けられています。

西條八十作詞のこの歌詞は、当時の高校生の心そのものでした。戦時中の重苦しい「雪崩《なだれ》」は消え去って、私たちの胸には「花」が咲き満ちていました。その花は、経済的にはまだ貧しかった時でしたので、バラのような華やかなものではなくて、自然の緑の中に可憐に咲く紅紫色の「雪割桜」がぴったりだったのです。

子供時代を昭和の15年戦争の中で過ごし、12歳まで戦時歌謡を歌って育った私たちも、高校2年生の時から「青い山脈」を歌い続けて70年以上たちました。あれほど歌わせられた「愛国行進曲」など、全く忘却の彼方だったことの幸せを、今回偶然に思い知らされました。

「愛国行進曲」の最後の歌詞「大行進の行く彼方」というのは、何を目指して何処へ行こうというのでしょうか。7月7日というのは、日本人が謙虚に歴史を振り返るべき大切な記念日のように、戦争の恐怖を体験している私は思います。

元歌　霞《かすみ》立つ　天の川原に　君待つと　い行《ゆ》き帰るに　裳《も》の裾《すそ》濡《ぬ》れぬ　山上憶良《やまのうえのおくら》

霞のかかっている天の川の川原で、あの方のおいでを待ちあぐんで行ったり来たりしているうちに裳の裾が濡れてしまいました。

(『萬葉集　巻第八　秋雑歌』)

もじり歌　夫偲《つましの》び七夕の夜に庭先を行ったり来たり下駄の緒濡れぬ

7月7日の七夕祭は、この日の夜、天の川を隔てた牽牛《けんぎゅう》・織女《しょくじょ》の二星が年に一度逢うという中国の伝説にちなんだ行事です。『万葉集』には、山上憶良の七夕を詠んだ歌が12首掲載されていて、この歌はそのうちの1首、織女の立場で詠んだ歌です。

歳時記の「七夕」の箇所を開いてみましたら、二女嫁ぎ二女家にあり星祭　という句が目に飛び込んできました。私の場合は、娘《こ》は嫁ぎ夫《つま》も鬼籍に星祭　という生活になってからもう20年です。

20年間の前半は、夫の晩年、晴れた夜空を一緒に眺めたことを思い出しながら、もじり歌のような七夕の夜もあったのですが、今は、それすら思い出の彼方で、下駄履きなんてとんでもない、庭先を靴で歩くこともできなくなりました。

20代の若い頃、小・中併設の小さな学校に勤めていて、長い教職生活の中で一度だけ小学校1年生を担任したことがありました。大学が中学校コースだった私にとって一番の難行苦行がオルガンでした。七夕の前日、翌日のために子供たちが下校した後、教室で「ささのは　さらさら　のきばにゆれる」と、オルガンを練習していると、前年度教えていた高学年の子が、窓を開けて「先生、タンゲ(かなり)上手にナッタデバ(なったね)」と声をかけてくれたことがあったり、この年の七夕祭の思い出は、暗くなりがちな7月7日の私の心に日差しを送り込んでくれています。

2023年7月28日

第20号

元歌　魂《たましい》よいづくへ行くや見のこししうら若き日の夢に別れて　前田《まえだ》夕暮《ゆうぐれ》

『和歌の解釈と鑑賞事典』旺文社

もじり歌　魂よいずこへ行くや夢多き「佐野ブルー」を跡に遺して

佐野ぬいさんが8月23日逝去されました。今年5月から東京都内の病院に入院、下肢動脈閉塞の治療を受けていましたが、8月7日に意識を失い、そのまま静かに息を引き取られたそうです。

「僕が見たことのないまるで10代の少女のような顔でした。佐藤さんの一番思い出にあるのは、きっとあんな顔なんだろうと思います」と最期の時の安らかなお顔を、ご子息が電話で伝えてくださいました。美術史を飾るたくさんの作品を遺して、老醜の片鱗もさらすことなく90歳の人生を穏やかに終えられたぬいさんを、同じ年齢の私は、悲しみの涙よりも、しのび手の拍手で送りたいと思います。

ぬいさんと私との邂逅は、青森の空襲で被災した私が弘前高等女学校に転入学した終戦の年の秋でした。青森時代の友人Kさんと一緒に転入学の手続きに行った時に、事務室の係りの人が、たまたま「佐藤さんは1年梅組、Kさんは松組」と言ったのがきっかけでぬいさんと同じクラスになった私は、6・3・3制への移行で高校卒業までの6年間、学級の編制替えがあっても、ぬいさんとほとんど一緒のクラスで親しくさせていただきました。

大学時代は、会えるのが正月の高校クラス会の時ぐらいしかなかったのですが、忘れられないのは、弘前大学在学中国語科4年生の7人で旅行した時に、奈良の日吉館という旅館で女子美の集団と一緒になり、偶然ぬいさんと出会ったことです。夕食後余興大会があるから見に来てねと言われて行ってみたら、なんとその賑やかなこと。お手のものの絵の具を塗りたくった扮装で、歌や踊りの大騒ぎです。こちらはというと、女性は私1人で、男性が先生も含めて6人。5泊6日の旅行中、不勉強な私には難しくて理解できない先生の話と青臭い若者たちの文学論を、黙って毎晩聞いているだけでした。その時、私は思ったのです。「ああ、ぬいちゃんとは住む世界が違ってしまったのだ」と。

ところが、その3か月後の正月帰郷した時のぬいさんの様子は、私たちの知っている「ぬいちゃん」と全く変わっていませんでした。そうした旧友に接する態度は、その後有名な画家になっても、女子美大学長という地位に就いても、変わることはありませんでした。

50代60代の頃、私が時々上京する機会があって、ぬいさんも私も仲良しだった友人のところへ泊めてもらったりしたのですが、そんな時、ぬいさんは多忙な時間を割いては友人宅に足を運んでくださいました。そして、忙しいことは口にも出さず素振りにも見せず、仕事に関する話題になると、決して誇らず常に謙虚で、同席の人へ上手に話題を移していました。子供の時のぬいちゃんは、絵が上手で勉強もできたというのはもちろんですが、そのほかは学校帰り映画へ行ったり、放課後教室でおやつを食べながら暗くなるまでおしゃべりしたりというのは、私たち普通の子供と同じぬいちゃんでした。

そろそろ稲刈りの季節です。たわわに実って頭を垂れている稲を見るたびに、岩木山と津軽弁を終世愛したぬいさんの謙虚なお人柄が、温かく思い出されます。

ぬいさんと最後に会ったのは、一昨年の9月、弘前れんが倉庫美術館で「りんご前線―Hirosaki Encounters（遭遇）」という弘前ゆかりの画家の方々の展覧会が催されて、開幕前日の報道陣向けの内覧会に出展作家として招聘されておいでになった時でした。その内覧会に、ぬいさんが招待してくださった書家の吉澤秀香さんと私とが、ぬいさんの出番の合間に歓談できるように美術館の方が部屋を用意してくださり、津軽弁の飛び交うひとときを3人で楽しむことができました。

「りんご前線」の展覧会はご覧になった方も多いかと存じます。あの天井の高いレンガ造りの美術館の壁面に、37点もの力作が空間をたっぷり取って並んだ風景は圧巻でした。100号、150号という大作のこれほどの数を一堂に集めたのを見るのは、ぬいさん自身にもなかなかないことだそうで、故郷はありがたいと感謝していらっしゃいました。

年代順に展示されている作品を見て、全くの美術音痴の私にも感動的だったのは、佐野ブルーが時間の経過と共に絶えず変化し続けてきたということです。新しいものほど明るい色彩というのも、ぬいさんと同じ年数を生きてきた私にとって、大変嬉しいことでした。

特に、この展示会のために描いたという0号作品12点の最新作は、微妙に違う様々の青い色が明るく爽やかで、ぬいさんが痛む足を抱えながら、こんな素晴らしい12点もの絵を描けたのは、一筋に歩み続けた長い道のりがあったからこそと、これまでと違った感動を覚えました。

翌日、ぬいさんが帰京される前のわずかな時間、ラグノオの喫茶室でお茶をご一緒しながら美術音痴の私の勝手な感想を話して、「もう大作に挑むのはやめて0号の小さいのにしなさいよ。足に負担をかけずに描けるじゃない」と前日にも言った勝手なことを言う私に、ぬいさんは前日よりもはっきりと言いました。

「描きかけたままになっている大きいのがあるの。それだけは、どうしても描き上げたい。足がもう少し元気になったら頑張るつもり」

そのキャンバスは、アトリエに今もそのままかと思います。未完のまま遺したことは、ぬいさんとしては心残りだったでしょうが、キャンバスを彩るはずだった佐野ブルーの魂は、無限の広がりの中を羽ばたき続けるだろうと思います。

ぬいさん、80年近い歳月の友情、ありがとうございました。再会の時の第一声は、昔の女学生の弘前弁での挨拶、「アオー」でまいります。待っていてください。

2023年9月5日

第21号

元歌　朝鮮に飛び立つ若き兵あまた狂ひ踊れる影がうつるも　福井　緑

（『昭和萬葉集　巻九　昭和25年～26年』）

もじり歌　天国に飛び立つ老いし友あまた　語り睦みし思い出めぐる

女学校一年先輩の歌人、福井緑さんが9月25日逝去されました。前回の通信で佐野ぬいさんとお別れしたばかりでしたのに、今回もまた、私たちのあこがれの上級生だった福井(旧姓佐藤)緑さんをお送りすることとなってしまいました。

福井さんは、ご自身の創作に励まれただけでなく、県歌人懇話会会長を務められるなど、本県歌壇の指導者として短歌の発展に尽力されました。１９９2年に県芸術文化報奨を受賞、その後県文化賞、文部科学省地方文化功労者表彰など次々に受賞し、２０１1年には東奥賞を受賞されました。

福井さんの歌歴について、新聞記事では28歳の時に「コスモス」に入会したのがスタートと紹介されていたり、「結婚、出産、育児の傍ら24歳で短歌の世界に入り」と記されていたりしていますが、今回の元歌に使わせていただいた歌は、1950～51(昭和25～26)年に詠まれた歌を集めた『昭和萬葉集　巻九』に記載されていて、福井さんが「コスモス叢書」の一篇として出版された処女歌集『邊陲詠《へんすうえい》』にも、昭和26年の作品として「基地(三澤)」の項目の中に明記されていますから、朝鮮戦争が始まって二年め、三沢市に居住していた新婚の福井さんが20歳になったかならなかったかの頃の歌です。短歌の道に入られたのが10代の時だったのは確かで、美しい黒髪を太い三つ編みにしていた美少女の女学生時代、私たちには演劇部のスターという印象が強かったのですが、あの頃すでに短歌への情熱が燃え始めていたのだろうと思います。

『昭和萬葉集　巻九』には、ほかに福井さんの朝鮮戦争に関わる短歌が5首掲載されています。

百合子とふ昨日は笑みてゐし少女哀れ同胞に計られて堕《お》つ
幌下し宵闇を来し憲兵はニグロなりけり百合子を買ふと
米兵の遊び終ふまで人力車の車夫は待つなり日本人車夫は
さっそうとパンパンひとり住む家に白桃の花は真珠のごとし
逃げし兵一人を捜すとて銃構へわが部屋の中をも覗く米兵

福井さんは、子育てを終え、ご両親を見送られた後、観光地から遠く離れた中国奥地を14回も旅行されました。その根底には、三沢市での暮らしで知った国際理解の重要性を、隣国の中国の庶民の生活の中から自分の目で確かめたかったという気持ちがあったのではないかという気がします。

短歌に限らず何事にも探究心と努力を惜しまず、そしてお洒落もまた上手な、私たち下級生にとって生涯仰ぎ見る先輩でした。短歌とは無縁の私は、たまたま知己を得て、1991年同人誌「真朱」創刊号から2013年最終号まで散文を書かせていただきました。合評会にも毎回参加して短歌についての新知識を習得し、歌人の方たちとも親しくなりました。短歌を作ることはできなくとも読む楽しさを知ったことは、九十代を生きる今の私の読書にとって本当にありがたいことです。

福井さん、長い間ご教示ありがとうございました。感謝申し上げます。

ご夫君のもとで安らかにおやすみください。

合掌

元歌　よはり行《ゆ》く虫の声にや山里はくれぬる秋のほどを知るらん　源《みなもとの》　俊頼《としより》

（『堀川百首』）

もじり歌　よわりゆく我が身につらき猛暑の夜　草むらの虫は秋をかなでる

今年の夏は、物心ついて以来、初めて出会った猛暑の連日でした。弘前市の最高気温が38度を超えたという日の夜、我が家の庭の草むらでは、秋の虫がひときわ賑やかに鳴いていました。虫は、その年の気候の変動なんぞとは関係なく、軌道を巡る地球の動きに忠実に生きていることに驚きました。

そして、どんなに暑くても暦は秋なんだと、久し振りに秋の歳時記の「虫の声」のページをひもといてみましたら、解説の欄に源俊頼のこの歌が引用されていたのです。多分「よはり行く」という最初の5文字に惹かれて目に止まったのでしょう。我が家のその夜の虫たちは、爽やかな張りのある声を響かせていましたが、その後次第に弱くなって、ある晩、いつの間にか静かになってしまったことに気がつきました。

虫の命はほんの少しの短い期間です。その短い命を、最後まで歌いながら終えるというのは、私の余生と比べて何と輝かしいことか。動く体力も気力も残高ゼロの私は、この夏は冷房の効いた部屋で、パズル・テレビ・読書・昼寝と、のんびりとした毎日を過ごさせてもらいました。私の老いを支えているのは、すべて人間が創り出した文化と周囲の方々のご厚意です。私自身の力によるものは皆無です。

人間世界はまだ猛暑の夏だというのに、暦に合わせて秋の訪れを告げる虫の声は、私の心に様々のことを語りかけてくれました。有史以来の猛暑は、地球上に莫大な被害をもたらしたニュースが続いて胸が痛みますが、そんな中での虫の声は、私にとってほのかな心の灯火でした。

２０２３年10月６日

追伸

いつも短歌のもじり歌を送らせてもらっているのですが、時々俳句で楽しんでみたりしています。次の句は、９月29日と30日の東奥日報「俳句つれづれ」の欄の俳句をもじってみました。

混乱の地球静かなる満月　　秋庭善知鳥

もじり句　賑やかな宴席静かなる満月

風の中小鳥たちのみ見ゆるもの　　齋藤　さだ

もじり句　秋風や老人にのみ見ゆるもの

第22号

元歌　にんじんは明日蒔《ま》けばよし帰らむよ東一華《あずまいちげ》の花も閉ざしぬ　土屋《つちや》　文明《ぶんめい》

にんじんは明日種を蒔けばよい。さあ、家に帰ろうよ。あたりに咲く東一華も、いつしか可憐な花を閉ざしてしまった。（『山下水』）

もじり歌　このつづき明日読めばよしもう寝よう月の光も雲に隠れぬ

元歌は、1946（昭和21）年、文明が56歳の時の作品です。学生時代から歌壇で活躍していた文明は、敗戦翌年のその当時、群馬県の疎開地で、一人の農夫となって働いていました。「にんじんは」という言葉には、それ以外の種も蒔いたことが推測されます。人参の種だけは蒔き遅れているうちに日が暮れかかったのでしょう。

私の今の生活は、すべて「明日○○すればよし」と先延ばししている毎日で、この「もじり歌通信」も10月中に発送するつもりが、またまた月を越してしまいました。元歌の人参の種蒔きのような、一生懸命やったのだけれども時間切れだったというのでは全くありません。原因は「カラポネヤミ（怠け心）」です。

このカボチャ明日煮ればよし今日は止め昨日の煮物で今夜十分
お掃除は明日すればよし今日は止め道具も手足も休養しなきゃ
新聞は夜見ればよし朝は何を？ベッドの中で楽しい夢を
繕いは明日すればよし靴下の穴はそのまま靴に収まる

私の暮らしをちょっと振り返ってみましたら、もじり歌がこれだけ思い浮かびました。パソコンの画面に並んだこのもじり歌を見た途端、たった数首の内容が衣食住全般についてなのに気が付きました。私のぐうたら生活もここまできたかと、私自身も多少びっくりはしましたが、ショックだったわけではありません。どうしても今日中にしなければという仕事がゼロ、というのは何と幸せなことか。若い時に夢見た生活を、91歳の私が、今味わわせてもらっています。

元歌　草枕《くさまくら》ゆふべゆふべに数《かぞ》ふれば野くれ山くれわれはきにけり　契《けい》沖《ちゆう》

旅寝をするその夕べごとに数えてみると、多くの野山を越えて、私は長い旅をしてきたものであるよ。（『契沖延宝集』）

もじり歌　蕎《そ》麦《ば》殻《がら》の枕で今宵も数えれば野越え山越えわれは来にけり

昔の津軽地方は、どこの家庭もそうだったのでしょうか。私が物心ついた時から枕の中身は蕎麦殻でした。長方形の袋に蕎麦殻を入れて両端を括った母の手製の円筒形の枕は、大きさ、固さ、布地が家族全員それぞれ違っていて、末っ子の私のは、一番小さく柔らくて可愛いらしい模様の枕でした。

私が今使っているのは、縦50センチ横70センチ近くもある長方形の蕎麦殻の枕です。亡夫が病床に就いて間もなく、大きくて柔らかい枕が欲しいという要望通りに寝具店に作ってもらったもので、それを夫の死後、私がずっと愛用してきました。最も身近な遺品です。私の頭にもぴったり馴染んで、夜ごと私を幸せの世界に浸らせてくれるベッドでの読書に役立ってきたのですが、90歳を過ぎた最近は、窓越しに見える月を眺めながらこれまでの人生を振り返ることも多くなりました。

中学1年までの子供時代を昭和の15年戦争の中で過ごした私たちの世代は、成人後は平和な社会で生きることができました。老人の私が、自宅で独り暮らしを続けていられるのも、新憲法のもと、男女平等の職場で働くことができ、年金制度や医療保険制度などのあるおかげです。野越え山越えの人生も、社会人になってからの野はいつしかきれいな花が増え、険しい山は次第に山道が整備されていきました。ウクライナやイスラエルのニュースが激化する昨今、私たちの安穏な生活は、親たちの世代が支払った戦争のための膨大な犠牲の上にあることを忘れてはならないと、かつて湾岸戦争の時に、退職後の夫が勤めから帰った私にニュースを解説してくれたことを思い出しながら、遺品の蕎麦殻の枕に頭を載せて自戒しています。

２０２３年11月１日

第23号

元歌　君のため何か惜しまむ若桜散って甲斐《かい》ある命なりせば　古野《ふるの》繁実《しげみ》

（『昭和萬葉集　巻六　昭和16年～20年』）

もじり歌　若桜散らずに咲いてほしかった生きて甲斐ある命なりけば

12月8日は、我が国の真珠湾攻撃によって太平洋戦争が始まった日です。空からの攻撃は、爆撃機と戦闘機計350機、海からの攻撃は、潜水艦27隻、アメリカ太平洋艦隊に大打撃を与えましたが、外交事務の手違いなどでワシントンへの最後通牒《つうちょう》が攻撃開始より1時間遅れ、非難を招く結果となりました。12月18日、大本営海軍部から真珠湾攻撃の戦果が発表されたのですが、そのなかに「特殊潜航艇をもって編成せる我が特別攻撃隊は警戒厳重を極むる真珠湾内に決死突入し」という文言があって、未帰還5隻と発表されました。「特殊潜航艇」というのは2人乗りの小型の潜航艇で、潜水艦に搭載されて運ばれ、目標近くで離脱して敵艦に魚雷を発射するのだそうです。国民にとって初めて耳にする言葉でした。

翌年3月6日、未帰還5隻に乗っていた9人の名前が発表されました。今回の元歌の作者は、その中の1人です。23歳でした。

太平洋戦争最初の特攻隊員として海の藻屑と散った9人は、以後9軍神としてあがめられたのですが、実は攻撃隊員は10名だったのです。酒巻和男少尉は漂着して最初の捕虜となっていました。海軍当局は、そのことをアメリカ側の放送で知っていたようですが、国民は、敗戦まで知らされませんでした。

4月8日、東京日比谷公園で合同海軍葬が行われました。

たけひくき母刀自ひとりあゆみいで遺族礼拝の時にしなりぬ　齋藤　茂吉
一億がこぞりて仰ぐ軍神の御母《みはは》つつましく玉串捧げ給ふ　和田　艶子

海軍葬での戦死者の母の姿を詠んだ歌です。地球のあちこちに紛争の多い昨今、我が子を戦場に送り出すことのなかった私たちの世代の幸せに感謝あるのみです。

元歌　白玉《しらたま》の歯にしみとほる秋の夜の酒はしづかに飲むべかりけり　若山《わかやま》　牧水《ぼくすい》

（『路上』）

白玉のような美しい歯にしみとおる、秋の夜の灯《ともしび》の下で酌む酒は、何としても静かに一人しみじみと飲むのがいい。

もじり歌　人工の歯にも優しい甘酒は冬の夜静かに飲むべかりけり

猛暑の夏が過ぎたと思ったら、あっという間に冬がきてしまいました。急な寒さがやってきたある晩、ふと私の記憶によみがえったのが「秋の夜の酒はしづかに飲むべかりけり」という、この元歌の5・7・7の部分でした。事典を見ましたら、牧水は生涯に300余首の酒の歌を詠んでいて、そのなかでも「白玉の」は、最もよく知られている歌だそうです。

私は酒が全く駄目というわけではなくて、夫の生前、日曜日の夜などほんの少しですが晩酌の相手をしたりしていたのですが、独りでは飲む気になれずに過ごしてきました。それが牧水の歌を読んでいるうちに昔のことが思い出されて、そうだ、甘酒を飲んでみようと思ったのです。

友人からの頂き物の栓を抜いて、古いサイドボードに並んでいるコーヒーカップのなかの一番小さなのに注いで口に入れたらその美味しいこと。独りでストーブの赤い火を見ながら飲む冷たい甘酒は、口の中いっぱいにひんやりとした爽やかな味を広げて、心をほんわかと温かくしてくれました。

ボトルには、健康食であることを強調した「食塩・甘味料・保存料不使用」という文字が、近眼鏡のままでも読める大きな文字で書かれています。私は2杯目のカップに隠し味程度の食塩をちょっぴり入れてみました。味に深みが加わって一段とうま味が増しました。塩は近ごろ虐げられがちで気の毒ですが、昔も今も調味料の王者であることに変わりないようです。

甘酒の薬味は何としても生姜ですが、私は我が家の冷蔵庫にある物をいろいろ試しています。今日は、生姜がありませんので、レモンドレッシングの予定です。美味しいですよ。ほんの一滴、お試しあれ。

☆　☆　☆　☆　☆　☆　☆

今年もはや師走となりました。毎月発行予定の「もじり歌通信」、ちょっと体調を損ねた時期があって間隔を延ばしましたら挽回できず、今年は今回の11号を最終号とさせていただきます。毎号受け取っていただいてありがとうございました。

子供時代を昭和の15年戦争のなかで過ごし、多少なりとも戦争を知っている世代として、平和な世に生きることの幸せを書き残しておきたいと思いました。誰かに読んでもらえたら怠け者の私でも続けられるのではと考えて、高校時代の友人の方たちを中心に、親しくしていただいた方々に勝手に送らせていただきました。なかには、ご家族の若い方も読んでくださっているという方もあって、恐縮しながら感謝しております。

脳力も体力も日々老化が進んでご迷惑をお掛けしますが、来年も何とぞよろしくお願い申し上げます。

どうぞ佳いお年をお迎え遊ばしますよう。

2023年12月7日

かしこ

第24号

元歌　何となく、
今年はよい事あるごとし。
元日の朝、晴れて風なし。
石川《いしかわ》　啄木《たくぼく》

もじり歌　何となく、今年も生きていけそうな。元日の地震、知らずに昼寝。

年賀状も差し上げず、ご無沙汰しているうちに立春も過ぎてしまいました。遅ればせながら今年の《もじり歌通信》第1号を送らせていただきます。
昨年の年賀状には、同じ啄木の歌を元歌に、

何となく、今年も生きていけそうな。元日の朝、気分爽快。

というもじり歌で新年のご挨拶とさせていただきました。

90歳を過ぎましたら加速度的に老化して、今年の元日は、特に体調が悪かったわけではないのですが、「気分爽快」とはいきませんでした。ゆっくりと寝坊して、それでも普段よりはほんの少しですが身なりを整え、雑煮を作って仏壇に供えたころは、何となく正月気分になることができました。

我が家の仏サンたちは、生前から早食いが得意です。雑煮の餅が硬くならないうちに箸を置いてもらって、私がそれを食べて、元日の朝の行事は終わりました。

訪問客や年賀の電話は2日以後にというのが、いつの間にか我が家の周辺の慣例になったようで、午後は、テレビも消して静かな居間で、枚数の多い元日の新聞を休息用の椅子に足を伸ばして読んでいるうちに、すっかり眠ってしまっていました。目が覚めたら辺りは暗くなっていて、時計は5時過ぎ。びっくりしてテレビを点けたら、全チャンネルが地震のニュースで日本国中てんやわんや。

そんな中で、私は何も知らずに眠っていたわけです。こんな極楽とんぼでは、簡単には命が尽きないのではないかと思ったのが、今回のもじり歌です。生かしてもらうからには、極楽とんぼなりに昼と夜の区別ぐらいははっきりさせて今年は暮らそうと、殊勝にも今のところ考えています。

俳句　鞦《しゅう》センは漕ぐべし愛は奪うべし　　三橋　鷹女　（『カラー図説　日本大歳時記』）

もじり歌　ぶらんこは漕がずにそっと揺らすべし来《こ》し方《かた》浮かぶ老いのひととき

今回だけは例外で、元歌を俳句にさせていただきました。

この俳句を知ったきっかけは、新年早々ＮＨＫのテレビで昔の映画『生きる』を見たことでした。『生きる』は、１９５２(昭和27)年に制作された黒沢明監督の東宝映画で、生きるということについて考えさせられる名作でした。

主人公の渡辺は、市役所の市民課長。30年間無欠勤、毎日たくさんの書類に機械的にハンコを押している事なかれ主義の役人です。ある日、自分が胃癌で死期の近いことを知り、生きることの意味を考え始めます。初めて真剣に目を通した申請書類の中で目に留まったのが、小公園建設の陳情書でした。彼は、その建設を実現します。

その映画が公開された時、私は大学生でした。若い時に見た映画の中でも忘れられない映画なのですが、一番鮮明に記憶されているのは、主人公が夜更けにただ一人、自分の手掛けた公園のぶらんこに腰掛けている、終わりに近いシーンです。かすかなぶらんこの揺れと共にわずかに揺れている後ろ姿は、余命いくばくもない哀れな老人の姿として、長い間私の心に残っていました。

ところが、90歳を過ぎた今の私の目に映った、名優志村喬演ずる主人公のぶらんこに腰掛けている姿は、昔とは全く違っていました。寂しげな様子ではなくて、時たま写る顔の表情にも、安堵の微笑みが感じられました。そして、ぶらんこを漕ぐのではなくて、自然に揺れるかすかな動きに身を任せているシーンは、今の私の心に染みるものがありました。

そう言えば、「ぶらんこ」というのは俳句の季語にもあったっけと、たまたま手近にあった歳時記を開いて発見したのが〈鞦セン は漕ぐべし愛は奪うべし〉です。

「鞦セン（しゅうせん）」というのは、ぶらんこのことで、「セン」は革偏《かわへん》に「遷」を書くのですが、私のパソコンの技術では出てきませんので、カナ書きにさせていただきました。ぶらんこは漕ぐほどに心が高ぶってくる。女性の愛も揺さぶりつつ与えることが奪うことになるのだという思いを詠んだ句で、鷹女が50歳を過ぎてからの作品だそうです。「セン」の漢字をパソコンで捜しているうちに、昔々、高校か大学生の時に漢詩の中に「しゅうせん」という言葉のあったことを、ふと思い出しました。漢字のことはあきらめて、その漢詩を捜したら、漢詩はすぐ見つかりました。

春《しゅん》夜《や》　蘇《そ》軾《しょく》

春宵一刻直千金　しゅんしょういっこくあたいせんきん
花に清香有り月に陰有り　はなにせいこうありつきにかげあり
歌管楼台声細細　かかんろうだいこえさいさい
鞦セン院落夜沈沈　しゅうせんいんらくよるちんちん

春の夜は、ひとときが千金にあたいするほど。

花には清らかな香りがただよい、月はおぼろにかすんでいる。たかどのの歌声や管弦の音は、先ほどまでの賑わいも終わり今はか細く聞こえるだけ。人気のない中庭にひっそりとぶらんこがぶら下がり、夜は静かにふけている。

映画『生きる』を見たことがきっかけで、「春宵一刻直《あたい》千金」という初めの句だけしか覚えていなかった「春夜」にまで、ぶらんこに惹かれて思いがけなくたどりつくことができました。やはりぶらんこには、滑り台などのほかの遊具とは違った要素があるのでしょうか。残り少ない余生は、ぶらんこに腰掛けているつもりで、来し方の思い出に浸りながら静かな揺れを楽しみたいと思います。

今年も「もじり歌通信」へのお付きあい、よろしくお願い申し上げます。

２０２４年２月７日

第25号

元歌　かの戦後よみがへりぬと思ふまで雪ふかき街につづく歩行者　島田《しまだ》　修二《しゅうじ》

交通事情のきわめて悪かった戦後は、着膨れた格好で、ひとしく道路を歩いたものであった。降雪で都会の機能が麻痺し、歩行者の列が続いているのを見ていると、かつての戦後の痛ましい光景がよみがえってくるかのようである。

（1968年の作品『和歌鑑賞事典』）

もじり歌　かの戦時よみがえりぬと思うほど残骸の街に立つ震災者たち

能登半島地震発生以来、その後の現地の模様が今も毎日テレビで報じられています。日に日に支援活動の範囲の広がっていくニュースを見ることのできたのが、遠くに住む私たちの心の救いだったように思います。

自然災害のあるたびに戦時中のことが、いろいろと頭の中をよぎるのですが、人為的に起こす戦争が、自然災害よりも残虐なことの原因の一つは、救援行動の乏しいことだと思います。私がそのことに気付いたのは、三陸津波の大地震の時でした。仙台市に住んでいる知人の地域に最初に届いた飲料水は、岡山県からの給水車だったとのこと。そうだ、どんなひどい自然災害でも、日本列島全部が同時に襲われることはない。戦争は、全国土・全国民を戦災地・戦災者にしてしまうのです。

日ごとに記憶力の失われていく91歳の私が、忘れまいと心に貼り付けている文言があります。幕末の福島の百姓一揆の指導者、菅野八郎の言葉です。

「7年の飢餓にあうとも1年の乱にあうべからず」

能登半島地震で亡くなられた方々のご冥福と、今も不自由な生活を忍んでいらっしゃる被災者の方々の1日も早い復旧をお祈りするとともに、支援活動にご尽力くださった、くださっている皆様に深く感謝申し上げます。

元歌　田子《たご》の浦にうち出《い》でて見れば白妙《しろたえ》の富士の高嶺《たかね》に雪は降りつつ　山部《やまべの》赤人《あかひと》

（『新古今和歌集　巻六』）

もじり歌　久々に家《うち》を出《で》て見れば何もかも不時《ふじ》の高値《たかね》に札《さつ》は消えゆく

今回のもじり歌、実は私の体験しての実感ではなくて、買い物に行ったら多分こうだろうという予測です。

我が家の前の狭い道路を隔てた筋向かいにスーパーがあって、旅行用の四つ車付きの小型バッグを引きずれば、私の足でも行けないことはないのでしょうが、一昨年、1年間に2回行ったのを最後に、それ以来買い物は、我が家の家事主任を務めてくれているKさんに一切お願いしています。私が鮮魚を頼んだ時に、まだ走りの時期で高いからもう少し待てとか、切ってあるバターを頼むと、バターが値上がりしたから切り目のある割高のは止めて大きいのにしようとか、彼女の管理している財布の紐《ひも》が日に日に固くなっていくことからだけでも、物価高騰の波が老人のわずかな生活費にまで押し寄せているのが分かります。

　でも、「不時の高値」に生活が急激に悪化したというわけではなくて、年金で生きていけていることに感謝です。現在の我が国の年金制度にはまだまだ不備があるにしても、一定の金額を納め続ければ、全国民平等に同額の基礎年金を手にすることができるという基盤があることは、誇っていいのではないでしょうか。

　私の通帳に振り込まれる老齢基礎年金は、保険料など差し引かれて月額約60、000円です。それだけで独り暮らしは無理ですが、日割りにすると2、000円、時給にすれば83円で、夜7時間眠ればその間に朝食代ぐらいは稼いでいます。もうちょっと寝坊すれば昼食代も稼げます。とにかく基礎年金制度が存続する限り飢え死にはしなくてすむと思えば、気分が明るくなります。

　目下、大々的に歯を治療中の家事主任が、この納豆が歯に一番優しくて味もいいと薦めてくれたのが、なんと値段が3個詰めのパックで99円、なるほど、私の入れ歯にも優しくて、ここのところ朝食は、33円の納豆に、定番のネギや大根おろし以外にも、いろいろな物を加えて楽しんでいます。

ここ数年、私の一日は、朝食を何にしようかとベッドの中で考えるところから始まるのが日課でした。主食は、米櫃に米、冷凍庫に食パン、冷蔵庫に生ラーメン、戸棚に素麺と、長年食べ慣れてきた物が一応常備してあります。

まず思い浮かべるのは冷蔵庫の中の残り物。その中に食べたい物があればそれに合う主食が決まります。かつては、食材の買い置きが豊富で食欲のある時などは、献立がパッと決まって威勢よく飛び起きたものでしたが、今は、どうしても手抜きのほうに頭が回って、納豆が冷蔵庫に常に鎮座するようになりました。津軽の温かい食事の代表として「アツママサ　ナット（熱いご飯に納豆）」という言葉がありますが、今の私にはぴったりです。

前回の「ぶらんこ」の古語の「シュウセン」、カナ書きで失礼いたしました。スマホで簡単に出てくるのだと、早速教えてくださった知人もいたのですが、学習能力ゼロで今も分からないままです。中国語を勉強したことがあるという東京在住の先輩が、現在は中国の表記も「秋千」と書き易い文字になっているという電話をくださいました。改めて『広辞苑』（第7版）を開いてみましたら、「しゅうせん」の箇所には、昔からの表記と共に「秋千」も載っていました。第7版は2018年発行の最新版なので、その10年前の第6版はどうだろうと見てみました。これにも、ちゃんと載っていました。いつから日本で「秋千」の表記を使うようになったのだろうと、すぐ手の届く書棚の下段の隅で忘れられたままになっている初版（1955年発行）の『広辞苑』を見ましたら、これには古い表記だけでした。

4版・5版の『広辞苑』は私の手の届かぬ高い所にあって、今夜の報告はここまでです。調べ物をするのには、手だけではなくて足も必要であることを再認識しました。今回はこれで失礼します。

今年は春が早そうです。〈老春〉を楽しみましょう。ご健勝を祈ります。

2024年2月26日

第26号

元歌　朝早く　わき水のんで　うまかった　ばあちゃんのいる　弘前の夏

五十嵐《いがらし》　悠木《ゆうき》

もじり歌　熱々《あつあつ》の御飯にバッケ味噌うまかった　老いの朝餉《あさげ》も　うららかな春

元歌の作者は、この4月から5年生になった千葉県習志野市に住む小学生です。お父様の先祖は弘前市なのですが、お祖父さまの代から首都圏にお住まいです。そのお祖父様が退職後奥様と二人弘前に帰郷されて、自然と触れ合う生活を楽しまれていたのですが、数年前亡くなられました。

奥様のY子さん（元歌に詠まれている「ばあちゃん」）は、都会の中で生まれ育ったにもかかわらず、弘前にすぐ馴染まれて、ご夫君亡き後も、ボランティア活動に励みながら弘前で独り住まいをされています。Y子さんと私とは母娘《おやこ》ほども年齢差があるのですが、ご縁があって月に一度は我が家を訪ねてくださって、国内の政治の動きや世界の情勢、テレビのお薦め番組などを解説して、いつまでも20世紀の中で暮らしている私を、21世紀の現代の雰囲気に浸らせてくれる貴重な方です。私の家までは徒歩20分ほどかかるのですが、移動の方法は、天候やスケジュールに合わせて、自家用車だったり、自転車だったり、徒歩だったり、時には気分にも合わせて自由自在、常に溌剌としてお元気です。

悠木さんが夏休み弘前に来ると、津軽平野をドライブしたり、岩木山麓をサイクリングしたり、近くの岩木川の川縁《かわべり》を散歩したり、Y子さんは大忙しです。Y子さんは、お孫さんのことなど話題にすることがほとんどないのですが、昨年の夏休みの後、「こんな短歌が送られてきたの」と、冒頭の短歌を見せてくれました。愛飲している近所の湧き水の所へ連れて行った時のことを詠んだのだそうです。

「すごい短歌じゃないの。〈ばあちゃんのいる弘前の夏〉！　ここがすごい！」

私は思わず歓声を挙げました。千葉では味わえない自然の空気と知識を満喫させてくれる〈ばあちゃん〉への敬慕の気持ちが、大人には表せない子供らしい表現で詠まれているのに感動したのです。小学校4年生の作品をもじり歌に借用するのは申しわけないのですが、皆様にも紹介したいと思いました。

私のもじり歌の「バッケ」は、「蕗《ふき》の薹《とう》」の津軽弁です。亡くなって半世紀近くになる姑が晩年裏の空き地に植えたのが、今も毎年ほんのわずかですが、春の味覚を楽しませてくれています。私の調理法はいたって簡単。刻んだバッケをサラダ油でいためて砂糖と味噌で味付けしただけのもの。テレビの料理番組の手間暇かけた方法よりも、自然の風味がはるかに豊かだと自己満足しています。

先日、Y子さんが、またまた嬉しいニュースを持ってきてくれました。「しきなみ子供短歌コンクール」に、悠木さんの短歌を学校が応募してくれたのが入賞したというのです。伝統のある大きなコンクールで、今回のが第19回、1、000校以上の学校から集まった約6万名もの作品の中から入選者は308名だそうですから、大変な難関です。文部大臣賞3名のなかの、「小学校3年生が作った短歌がすごいの」と、メモしたのを見せてくれました。

妹に　ゆずってあげた　母の手を　ねているすきに　そっとにぎった

「お母さんの手を妹にゆずってあげたのが、お兄ちゃんなのかお姉ちゃんなのか、本当に優しいいい子よね。自分もお母さんに甘えたいんだという幼い可愛さも、よく分かる」と、Y子さんはしきりに絶賛していましたが、私は「ばあちゃんのいる弘前の夏」も決して負けてはいないと確信しています。

元歌　色も香《か》もおなじ昔に咲くらめど年ふる人ぞあらたまりける　紀《きの》友則《とものり》

桜の花は、色も香りも変わらぬ昔のままに咲いているようだが、老いたこの身は、すっかり昔と変わってしまった。

（『新古今和歌集　巻第一　春歌上』）

もじり歌　色も香もおなじむかしに咲く桜　年ふる我も気持ちは満開

夫も、兄弟姉妹も、友人たちも、次々にこの世を去って、私自身の体力・脳力も風前の灯火の状態なのに、気持ちだけは明るさを保っています。それは、どうしてなのか。理由はいろいろあるのでしょうが、一番の土台になっているのは、12歳までの子供時代の全期間を昭和の15年戦争の中で過ごして、平和な国に生きる幸せを骨身に染みて感じているからだと思います。

私がこの「もじり歌通信」に使わせてもらっている短歌は、『古典文学全集』『昭和萬葉集』や中学・高校の教科書など、私の手持ちの本からのものがほとんどで、時々新聞から現代の方たちの作品を借用しています。足が不自由になって書店で本を探すという楽しみを失ってから、本を買うこともあきらめているのですが、先日、岩波書店の広報誌を見て、『戦争語彙集』というウクライナの詩人が、人々の体験に耳を傾けて77のワードについて語っている本を買いました。その中の短い話を紹介します。

身　体

身体《からだ》のことに一番意識が向くのは痛いときじゃないかな？　それがあることを一番

感じるから。わたし、自分の国のことを身体のように感じるようになるなんて、考えたこともなかったわ。買物に出かけて、お店の扉に近づき、ドアハンドルを押すだけで、痛みが走る気がするの。どこか何百キロも離れた場所では傷口がパックリと開いているし、ここでも、あちこちが痛むのよ。

日ごとに増えている地球上の傷口が一日も早く癒えますように、そして、傷口の開いた箇所のない日本であり続けますように祈ります。

2024年4月3日

第27号

元歌　清水へ祇園をよぎる桜月夜こよひ逢ふ人みなうつくしき　与謝野《よさの》晶子《あきこ》

清水寺の方へ祇園の街を歩いて行くと、月は桜の花におぼろにかすんでいる。今宵逢う人たちはみな美しく輝いている。（『みだれ髪』）

もじり歌　道端《みちばた》にぼんぼり並ぶ桜月夜こよい通る人みなうつくしき

与謝野晶子のこの歌は、ほとんどの人が学校時代どこかで出会っている歌です。コロナ禍で桜祭りが中止になった時に、《もじり歌通信》の初めの頃だったと思いますが、同じこの歌でもじり歌を作ったことを思い出しました。

濠端にぼんぼり並ぶ桜月夜ゆらぐ人影まばらで寂し

というのではなかったかと思います。

私の家は、西濠の桜のトンネルのすぐ近くですので、桜祭りの雰囲気を居ながらにして味わわせてもらえるのですが、コロナ禍の時の、ぼんぼりだけが灯《とも》っているのは、何とも侘びしい風景でした。

今年の桜祭りはお天気にも恵まれて、ある時はお花見の人たちの声や足音を聞きながら、ある時は咲き誇る桜を垣間見ながら、ある時は風に乗って飛んで来る花吹雪からお濠に浮かぶ花筏《はないかだ》を思い描きながら、桜祭りの雰囲気をのんびりと自宅で楽しませてもらいました。昔は我が家の前の小路も、夜桜見物帰りの酔っ払いが深夜まで賑やかだったものでしたが、最近は12時過ぎると人通りも途絶えて静かです。2階の私の寝室から、ぼんぼりの列がよく見えるのですが、夜更けの風景は、コロナ禍の時とそっくり同じですのに、心に映る風景はコロナ禍の時とは全く違って、ぼんぼりの灯が何となくほんわかと暖かです。

同じものを見ても、その時の周囲の条件や気持ちの持ちようで様々に変化することを改めて実感しました。物事をできるだけ明るく捉えて、残り少ない人生をポジティブに生きていこうと思います。

元歌　箱根路をわが越えくれば伊豆の海や沖の小島に波のよる見ゆ　源《みなもとの》実朝《さねとも》

箱根の険しい山路を越えてくると、急に広々とした伊豆の海が眼下に開け、沖の小島に波の打ち寄せているのが見えた。何と素晴らしい景観たることか。（『金槐集』）

もじり歌　九十路《ここのそじ》をわが越えくれば桜花平和を祝い今年も爛漫

「九十路《ここのそじ》」は90歳のこと。もともとは「九十」と書いて「ここのそじ」と読みましたが、今は年齢の場合、30歳は「三十路《みそじ》」、40歳は「四十路《よそじ》」と「路」を付けるのが普通のようです。今回のもじり歌の「九十路」は、90歳を過ぎた人生という90代の意味に使わせてもらいました。現在の私は自由気ままというよりも勝手気ままな生活で、「ここのそじ」などという雅《みやび》な言葉よりは「くそじ」と読んだほうが似つかわしい毎日です。今このパソコンを打ちながら、自分でも苦笑しています。

今年の弘前の桜祭りは、開花の時から1日ごとに変化する花の色、絢爛《けんらん》たる満開の景観、最後の花吹雪と花筏まで、連日天候に恵まれ、コロナ禍の規制も取れて久しぶりの明るさに満ちた桜祭りでした。

振り返ってみますと、12歳の時から弘前市に定住して80年、桜祭りに関しては年ごとに様々の思い出のドラマがありました。そのなかでも一番鮮明に今もよみがえるのは、太平洋戦争末期の1944(昭和19)年から休止していた弘前公園の観桜会が、戦後再開した時のことです。

再開されたのは1947年、新憲法が施行され、敗戦の混乱期は一応過ぎたとはいうものの、大都会では主食の配給は遅れがち、闇食糧を拒否した判事が栄養失調死するというニュースがあるなど、まだまだ大変な社会情勢でした。我が家もまた、空襲による被災やら敗戦による父の仕事への影響やらで戦争の痛手を負ったまま、先祖が遺してくれた小さな家に、東京から疎開してきた親戚と2世帯がひしめきあって暮らしている状態でした。幸い母の実家が近くにあり母の妹夫婦が家業を継いでいたので、毎日のように出向いては従姉妹たちと遊び戯れていました。

4年ぶりに戻ってきた観桜会にも、当時中学3年生だった私と3歳年上の姉は、何の違和感もなく従姉妹たちと全く同じ態度で叔母一家の花見に参加していました。10人以上もの花見料理を段重ねの重箱に何組も作って、叔母も大変だったと思うのですが、重箱の中味について私の記憶にあるのは、玉子巻だけです。その頃卵は高価な食品でした。玉子巻など滅多に口にすることのない高級品で、特別の日に母が作ってくれる玉子巻は、卵1個か2個で作る細い玉子巻でした。それが、叔母の重箱の中の玉子巻はものすごく太くて厚かったのです。最高のご馳走でした。

そして、もう一つ、この時の花見には、ご馳走よりも花よりも私にとって嬉しいことがありました。それは、青森市の空襲の折に焼夷弾《しょういだん》で右足一面に火傷《やけど》を負った姉が、傷痕を隠すためにずっとズボンかモンペだったのですが、ストッキングをようやく手に入れて上着とスカートのスーツ姿だったことです。スーツといっても、落綿《らくめん》や糸くずを原料とした太い糸で織ったガラ紡という洋服生地を闇ルートで手に入れて、姉が自分で仕立てたものでした。ガラ紡の考案者はホームスパンに似せた織物をねらったのでしょうが、原料が原料だけに何ともお粗末で侘びしく、しかも洋裁を始めたばかりの姉の手製ときているので、おそらく今だったら考えられない哀れな格好だったのだろうと思います。

でも、その時の私は、傷痕をすっぽり覆って姉がスーツ姿、しかも新品というのが大変に嬉しかったのです。同じその日、はて私は何を着ていたのだろう。全く思い出せません。

あれから80回に近い桜の季節が過ぎました。それぞれの桜の季節には、私なりの桜にまつわるドラマがありました。幸せなことに、今回の「もじり歌通信」ほどに戦争と結びついたドラマはなかったような気がします。１９４７年以降、コロナ禍の期間以外毎年桜祭りが開催されたというのは、何と素晴らしいことか。平和な国であればこそです。

公園の花見が無理な私は、ここ数年岩木山麓の桜を車の中から楽しませてもらっています。10数年前に知り合った20歳ほど年下の女性の温かい心くばりなのですが、今年は仲間が2人増えて、50代、70代、80代、それに90代の私の4人になりました。運転役の50代は地理に詳しく、走行範囲をぐんと広げて、ソメイヨシノ以外の桜を知らない私は、オオヤマザクラなど山手に咲く桜と対面することができました。

90歳を過ぎた老人が、娘や孫の年代の人たちと咲き誇る桜の中をドライブする。なんと幸せなことか。今回のもじり歌は、たくさんの温かい心の人たちに囲まれて、平和な国に長い人生を歩ませてもらったことへの感謝の気持ちです。

桜の季節も間もなく終わります。5月は風薫る新緑の季節、そろそろ毛糸のパンツとお別れしなければと思っています。

２０２４年４月26日

第28号

元歌　つばくらめ飛ぶかと見れば消え去りて空あをあをと遥かなるかな　窪田空穂《くぼたうつぼ》

つばめが飛んでいるなと見ると、たちまち飛び去り消え去っていく。初夏の大空はどこまでも青々と広く、遥かであることだ。（『濁れる川』）

もじり歌　雀一羽来たかと見れば食事場へ米しろじろと朝日に光る

我が家の小さな庭は、80数年前、夫の両親が家を新築した時に植えたサワラの生垣に囲まれていて、その内側にはサワラの樹が数本、隔年ごとに剪定してもらって手入れをしてきたのですが、25年ほど前生垣を木材の塀に替え、屋根よりも高く伸びたサワラの樹も寿命が尽きて、昨年切ってしまいました。その他、ツバキ、ツツジなど、昔は四季それぞれに花もきれいだったのですが、私が独り住まいをするようになってからはすっかり荒れ果ててしまい、毎年春の訪れを告げてくれた鶯の声も、数年前から聴けなくなりました。

ところが、去る鳥あれば来る鳥あり。広々と明るくなった庭を、桜祭りが終わった頃から雀が賑やかに飛び回るようになりました。ある朝、玄関前のコンクリートの上に米を少し撒いておいたら、あっという間に無くなっていました。それ以来、毎日朝夕お米を撒いて雀の鳴き声を楽しんでいます。

先日「弘前お米とくらしの応援券」で「青天の霹靂」5キロを買いました。ばらまき政策を日頃批判していながら、不時の出費で年金家計が苦しくなると、何の抵抗もなく利用させてもらうのですから、「貧すれば鈍する」というのは、こんなことを言うのでしょうか。今回、県産米にはオマケが付くのだそうで、250グラム増量されていました。250グラムは1合枡での容量にすれば、ほぼ1合半ぐらいかと思います。取りあえず、この増量分を雀の食糧と考えることにしました。大変な労力と研究を積み重ねて作った米を雀に食べさせるとは何事かと「青天の霹靂」の生産者の方々からは叱られそうですが、日中何回か縁側の近くまで来て聴かせてくれる雀の鳴き声は、友人たちとの交流の機会が少なくなった私の心を楽しませてくれます。今のところ常連は3羽ではないかと思うのですが、私が米を用意しているのをどこからか見ているのでしょう。私が家の中に入ると、すぐに飛んできてついばんでいます。
私と雀と、共に同じ高級なお米を食べて、ひととき心を通わすことができる。老人がこんな幸せな余生を送れるのも、平和な時代なればこそです。92歳を間近にして、また一つ平和の素晴らしさを見つけることができました。

元歌　百までも生きたくないが死にたくない矛盾かかえて九十二歳　石黒　捷郎
（「朝日新聞みちのく歌壇」2024・5・18）

もじり歌　傘寿まで生きるつもりが卒寿過ぐ脳力・体力・金力あの世

「この短歌、佐藤さんの気持ちとそっくりよ。しかも年齢も同じなの」と、今年の「もじり歌通信第3号」に、お孫さんの短歌を提供してくださったY子さんが、新聞を切り抜いて持ってきてくださいました。

なるほど！私の思っていることと同じです。ですが、石黒氏の「生」と「死」の矛盾の中では「生」の力が「死」よりもまだまだ強力でいらっしゃるのが私とは違うようで、私のもじり歌は残念ですが気弱なものになりました。

でも、私は老いを悲しんでいるわけではありません。老人が生きていくのに必要な能力の3種の神器は、「脳力」「体力」「金力」だろうと思うのですが、私の場合、「脳力」「体力」の衰退のスピードはすさまじく、私の身体を抜け殻にしようと、どんどんスピードアップしてあの世へ行きつつあります。でも、それは90歳過ぎたら当然のことです。「物忘れ」を嘆く老人は多いのですが、「火の用心」さえ忘れなければそれでよし、それ以外の私の記憶なんて大事なものは皆無です。

「体力」も、80代に右足を怪我で、左足を病気で修理して、歩くのが年々加速度的に駄目になりましたが、家の中は、階段を四つん這いになって上り下りするなど、足は駄目でも手があるさと、なるべく動線を少なく、〈ネマリスト〉の暮らしを楽しんでいます。

＊〈ネマル〉は津軽の方言で〈座る〉の意味です

「金力」だけは、現役時代の貯蓄は全てあの世ですが、私の意思とは関係のない年金は65歳以降途絶えることなく支給されてきました。そんなに多い額ではありませんが、これがあるので今も独り暮らしが続けられています。

私の意思で動く「脳力」も「体力」も大部分あの世へ行ってしまいましたのに、行政の仕事の「金力」だけは、現世で今も活動してくれているというのは、ありがたいことだと感謝しています。

２０２４年５月29日

5月中に発送するつもりで書きあげたのですが、封筒書きが間に合わず、6月になってしまいました。6月もいつになるやら、山菜の季節になって台所にいる時間が多くなったり（ほんの少しの量なのですが楽しみながらチンタラチンタラ調理しています）、雀と遊ぶ時間が加わったりで、そちらに着くのは来週末になりそうです。締め切りのない仕事というのは、ついつい先延ばしになってしまいます。それが苦にならないというのもボケ老人の幸せと、自分に都合のよいように考えるのも、これもまたボケ老人の幸せかと、幸せにボケるというのも、ややこしくて頭がますます混乱してボケが進行するみたいです。

第29号

元歌　はじめより憂鬱《ゆううつ》なる時代に生きたりしかば然《し》かも感ぜず
　　　といふ人のわれよりも若き
土岐《とき》　善麿《ぜんまろ》

はじめから暗い時代で生きてきたので、今日の事件なども、それほど深刻に考えられないという人がいる。なんと、それが私よりも若い世代なのだ。
（『近詠・新歌集作品2』）

もじり歌　初めより自由な時代に生きたればそうは感ぜずという人のわれより若き

元歌は、1936（昭和11）年、2・26事件の折に詠んだ歌で、善麿は当時50歳ぐらいでしたから、「われより若き」人は40代以下。もしかしたら昭和の15年戦争の発端となった満州事変の戦場に駆り出された人だったかもしれません。

私が生まれたのは1932年、日中戦争の始まったのは4歳の時でした。支那と戦争が始まった、あんな大きな国と戦って大丈夫なのかと、周囲の大人たちが話しているのをうっすらと覚えていますが、海を見たこともないのに、戦争というのは海の向こうの遠い国でするものと、何となく思っていたようです。戦争は外国の土地でするものという考えは、小学校での歴史の勉強でも、日清戦争、日露戦争、満州事変、日中戦争、すべて戦場は国外でしたから、太平洋戦争の末期、アメリカ軍の空襲や沖縄への上陸作戦が始まるまで、ずっと思い続けていました。

そんな私が、子供ながらに戦争の大変さを知ったのは、小学1年の時でした。すぐ近所の同い年で仲よしのI子ちゃんのお父さんが戦死したのです。I子ちゃんのお父さんは腕のいい大工さんでした。鉋《かんな》を滑らせると、紙のように薄くなった材木が丸まって出てくるのが面白くて、仕事場を覗いてみるのが楽しみでした。

お父さんが亡くなった後のI子ちゃん一家の生活は、急激に変わっていきました。お父さんの仕事場は、改造されて貸し間になりました。その前を通るたびに、お邪魔虫の私をいつも笑顔で迎えてくれたお父さんの姿を思い出して、気持ちがしょんぼりしました。I

子ちゃんの家族の方々は、あの時の私の気持ちの何倍もの大きい複雑な悲しみを背負って、その後の人生を歩まれたのだろうと思います。

予想以上に長生きし時間的余裕もできて、若い時には見過ごしていた戦時中のことにも目が向くようになりました。

その中の一つ。11月11日の行事の欄に「世界平和記念日」というのが記されているカレンダーがあるのに気付いたのは、10年ほど前でした。はて、どういう記念日なのだろうと調べてみたら、ドイツが降伏して第一次世界大戦が終結した日でした。第二次世界大戦が終わった日なども暦に載っているのかしらと、その後大きいカレンダーを見かけるたびに確かめたのですが、どれも11月11日の「世界平和記念日」だけで、8月15日は「三りんぼう」、12月8日は「針供養　こと納め」と記載されているなど、戦争に関することは皆無でした。

今月7日、今日何があった日か知っているだろうかと、私の年代に近い何人かの人に訊ねてみました。１９３７(昭和12)年、日中戦争（盧溝橋事件）の起こった日であることを知っている人は、誰もいませんでした。そのことを取り上げたマスコミの記事や番組も、私の目に入った範囲内にはありませんでした。

9年間にも及んだ日中戦争の戦場はすべて中国でした。地上戦となった沖縄戦も連日の空襲も相手はアメリカ軍であって、日本列島が中国との戦火にまみれたことは一度もありませんでした。そのことに私が気付いたのは、戦後歴史を学び直して、他国の領土で戦うというのはどういうことなのかを知った、高校生になってからのことです。

現在の日本国憲法が施行されて77年。私たちの世代は、平和憲法のもとに社会人となり、平和な時代に人生を送ることができました。学校時代の友人たちの中には、I子ちゃんのように親を戦争で失った人も何人かいますが、私たちの世代は、我が子を戦場に送り出すという、女性にとって最大の不幸は味わわずにすみました。

子育て支援など、垂涎《すいぜん》の的となりそうな政策がいろいろ話題になっている昨今、自由な時代に甘い「飴」におぼれてしまい、陰にある痛い「鞭」の存在を見失わないよう、絶えず鞭に打たれ続けて生きた父母や祖父母の世代のことを忘れないようにしたいと思います。

元歌　逢《あ》ひ見ての後の心にくらぶれば昔は物を思はざりけり　藤原《ふじわらの》敦忠《あつただ》

あなたと逢って恋を成就できた後の、この心の切なさに比べてみると、逢うことがかなえられずに嘆いていた以前の物思いなど、物思いをしていないに等しいほどのものでしたよ。

（『拾遺集　巻十二』）

もじり歌　母と娘《こ》の時代を文字で比べれば昔「忍」の字今は「任」の字

ＮＨＫ朝の連続ドラマ「虎に翼」に合わせて、8時前に起きる習慣がつきました。私たち女性が今の民法のもとに生きてきた幸せは、戦後の司法界を歩んだ先人たちの筆舌に尽くし難い努力にあったのだということを改めて知りました。

「忍」の訓読みは「しのぶ」、熟語もまず思い浮かぶのは「忍耐」です。私の父親は頑固一徹、家庭内のことは一切父の言いなりでした。子供の頃、父が単身赴任の時期もあったのですが、寂しいと思ったことは全くありませんでした。父の居ない時ののびのびとした姿の母と3歳年上の姉との暮らしの、何と楽しかったことか。

昔の父親というのはワンマンの人が多かったのでしょうが、我が一族の男性たちは、祖父の遺伝子を受け継いで特に強烈だったようです。祖母は、3日でもいいからオジサ(おじいさん)の後にまわって楽をしてから死にたいと、しょっちゅう話していたそうです。そうしたらオバサ(おばあさん)のほうが先に死んだので、わたしは絶対そういうことは言わないと、母もまたしょっちゅう言っていました。母の場合は功を奏したのか、父の死後33年生きて90歳で亡くなりました。

「ジッコ(爺さん)ズーッと、ババ(婆さん)万歳」という、今はもう死語になった津軽弁がありますが、爺さんが遥か遠いあの世に旅立ってしまうと、婆さんは解放されて生き生きと元気になるという意味だそうです。

「任」の文字には様々の意味がありますが、新しい民法のもと、自分の意に任せて生きてこられたことに感謝したいと思います。

2024年7月16日

第30号

元歌　己が手で漉きたる和紙の証書手に六年生は卒業となる

古橋　正好

（2024年　宮中歌会始入選歌）

もじり歌　己が手のガリ版刷りの作文集ファックス現われ卒業となる

元歌は、日本退職公務員連盟が毎月発行している「退職公務員新聞」7月号から借用しました。見出しに〈「八十の手習い」人生を詠む〉とあって、教員を定年退職後、町の教育長などを務めているうちに気が付いたら80歳になっていて、来し方を省み今後の自分を見つめようと短歌を始めたといいますから、作者は、私の年齢とそんなに違わない方ではないでしょうか。子供たちが手作りした紙の卒業証書に、一枚々々ご自身の手で子供の名前を書かれたのではないかしら、と当時の作者の姿を思い浮かべたり、お題「和」の歌会始に応募された作者の気持ちを想像したりと、たまたまこの歌に出会って私は、しばし現役の若かった時代の気分に浸らせていただきました。

元歌　あなうれしとにもかくにも生きのびて戦《たたかい》やめるけふの日にあふ　河上　肇

（『昭和萬葉集　巻七　昭和20年～22年』）

もじり歌　あなうれしとにもかくにも戦《いくさ》止み足袋《たび》脱いで寝る夏の夜に逢う

元歌の「けふの日」も、もじり歌の「夏の夜」も、共に1945（昭和20）年8月15日のことです。

当時青森高等女学校1年生だった私の学校生活は、晴耕雨読の毎日でした。この日の正午の戦争終結の放送は、八甲田山麓の開墾作業地の近くに建っている一軒家の軒先に、土にまみれた女学生がぎっしりと並んで聴いたのですが、何が何やらさっぱり分かりませんでした。ラジオの音声が不調なうえに、詔書の文章が難解、それを読まれる天皇のお声を聴くのも国民にとって初めてのことで聞き慣れず、詔書の内容までは先生たちにも理解できなかったようです。

何があったのか分からぬままに、帰り道いつもと同じように笑い声で賑やかに歩いていると、「何おもしろくて騒いでるの。日本負けたんだよ」と、すれ違った小母さんに言われて、事の大変さを知った私たちは次第に無言になって急ぎ足になりました。

私たちが開墾地の山で聴いたのよりは、青森市内のラジオの電波は具合がよかったらしく、詔勅の後の和田信賢アナウンサーの解説はかなり明瞭だったそうで、私は帰宅後、それを聴いた大人たちから敗戦の事実を知らされました。

その日は、落ちてくる焼夷弾《しょういだん》の中を逃げ惑った青森空襲の夜から19日目、住まいを焼失した我が家は、母娘《おやこ》3人郊外の被災を免れた伯父の家に同居していました。八甲田山麓の雪が消えて以降、私の通学先は、学校は雨の日だけ。ほとんどが開墾地でしたので履物は地下足袋でした。空襲の時もそれを履いて逃げたもので、被災後の私の履物は唯一地下足袋1足、中に履くのは母の手製の足袋です。就寝時も空襲警報に備えて常に昼の服装のままでしたから、クーラーはもちろん扇風機もない真夏の蚊帳の中で、せめて足袋だけでも脱いで寝たいとどんなに思ったことか。

8月15日の夕食後、避難家族で混雑する台所を避けて近所の焼け跡の水道管へ姉と洗いものに行った私は、空を見上げて言いました。「今日から空襲ないんだよ。足袋脱いで寝よう！」

「あなたのこれまでの人生で一番幸せだったのはどんな事ですか」と問われれば、即座に私は、「幸せ」よりは「安堵《あんど》」という言葉のほうがぴったりなのかもしれませんが、「戦争が終わった1945年8月15日、足袋を脱いで素足で寝たこと」と答えます。90歳を過ぎた今の私の足は夏でも冷たいのですが、どんなに寒い夜でも靴下を履いてベッドに入る気にならないのは、終戦の日の安堵感が、空襲の時の恐怖感と共に、私に平和の世に生きる幸せを訴え続けてくれているのかもしれません。

冒頭の元歌の作者河上肇氏は、京都大学教授。マルクス主義の研究と啓蒙に努め、『資本論入門』『貧乏物語』などの著作は、昭和初期の青年層に多くの影響を与えました。戦時中思想犯として捕えられ獄中生活を送っています。

『昭和萬葉集巻七』は「戦争終結」で始まっていて、初めの約4ページは8月15日の事を詠んだ歌が並んでいるのですが、最初の歌は、

聖断《せいだん》はくだりたまひてかしこくも畏《かしこ》くもあるか涙しながる　齋藤　茂吉

という玉音放送を聴いての歌です。

玉音放送を聴いて大勢の人が泣き伏しているニュースの映像は、今もドラマなどに引用されて私たちの目に触れる機会があるのですが、斎藤茂吉氏の歌ばかりでなく、その後に続く玉音放送に関する歌は、ほとんどがニュースと内容がぴったり一致していて、「あなうれし」という河上氏の歌は異色の作品です。

もじり歌の「あなうれし」は、これまでやりたくともできなかったことが今夜はやれる、という単純な子供の気持ちなのですが、当時の一般大衆の中には、本音がそれに近い人や河上氏の考えと同じ人も少なくなかったのではないでしょうか。私の母の第一声は「K男

も死なないで帰ってこれる」という、召集されて中国に居る息子への思いでした。
まだまだ暑さが続きそうです。どうぞ御身ご大切に。ご機嫌よう。
2024年8月5日

あとがきに代えて　亡夫への手紙

さしもの猛暑も、津軽の朝夕は秋を感じさせられる季節となりました。

一昨々夜9月17日の仲秋の名月は、雲に覆われて見られませんでしたが、19日の昨夜は、丸いお月様が煌々と照っていました。あなたの他界後、我が家の月見行事は消滅して、お月様には隣家の成田さんのお月見に参加してもらってきたのですが、昨夜は、冷蔵庫にあった玉田酒造の純米酒「華一風」を、あなたの生前食卓によく登場していた小さなグラス3個に注いで、天のあなたと地の私、それにお月様とで乾杯しました。久し振りに口にした甘口の日本酒は、私の心に温かく染みました。

実は、昨日の夕方、この本の初校を終えてほっとしたところだったのです。

大分前に津軽書房の伊藤裕美子さんから校正刷りを受け取っていたのですが、最初に読んだ時に、私は、すっかり落ち込んでしまいました。今回の本の内容は、２０２1年から今年の8月までの間、ほぼ毎月1回、友人たちに送った手紙なのですが、同じようなことを繰り返して書いている箇所が何か所もあったのです。わずか2年か3年前に書いたことを忘れてしまっているのです。このままでは本にできない、どうしようと思っている間に日数はどんどん過ぎていきました。

今まで、「エッセイ」とまではいかなくとも「エッセイもどき」の本は何回か出版しているのですが、あなたと一緒だった頃は、いつも原稿の段階で目を通してもらっていました。ここは分かりにくい、この部分は必要ないなど、推敲すべき箇所をチェックしてもらって、校正刷りには、ほとんど手を加えずにすんでいたのです。

今回、予想外の事がもう一つありました。これまでのエッセイ集の表紙や挿絵をすべて引き受けてくださっていた和田和歌子さんが、ご両親の介護で仕事を休業中だというのです。これまで本を手にしてくださった方は、和歌子さんの絵に惹かれてという方が多かったのに、私の自力では読んでくれる人があるかどうか心もとない限りです。

あれやこれやと考えあぐねて、校正刷りが机の上で眠っている状態が続きました。それが、昨日夕方初校を終了できたのは、伊藤さんのこんな力強い一言でした。

「このままでいきましょう。挿絵もなしで、文字だけにしましょう」

そうだ、無理せずに現状のままでいこうと思いました。5歳の時の事など忘れてしまってもいいから、5か月前、5日前、5時間前、5分前の事を覚えていてほしいのですが、90歳を過ぎた凡人の記憶力では無理な願いです。私の人生最後の、実力そのままのエッセイ集にしようと決めたら、校正はあっという間に終わりました。

そして、偶然にも昨日は私の92歳の誕生日。あなたと久し振りに月見酒を味わいながら、晴れ晴れとした気分で幸せな一夜を過ごさせていただきました。

最後にもじり歌を一首

元歌　春過ぎて夏来にけらし白妙の衣ほすてふ天の香具山　　持統天皇

もじり歌　卒寿過ぎて　ボケ来にけらし紅色の　マニキュア塗って待とうQシール

弘前市では、認知症高齢者の行方不明事件の解決のために、爪にQRコードを記したシールを貼ることを検討中とか。あなたのもとへ行く時には、あなたが生前見たことのないおしゃれなマニキュアをした指に、ボケ老人用シールが貼られているかもしれません。日本列島も、私の心身も、平和なうちにお逢いできることを願っています。

2024年9月20日　秋彼岸初日の午後。

著者略歴
佐藤きむ（サトウキン）
1932年青森県弘前市生まれ　1955年弘前大学教育学部卒業
1956～93年弘前大学教育学部附属駒越小中学校・附属中学校教諭
1993～98年弘前大学教育学部助教授（国語科教育）
2007年　青森県文化賞受賞
2008年　弘前市文化振興功労章受章
2016年　青森県褒賞受賞
2018年　地域文化功労者表彰受賞
現在　日本エッセイスト・クラブ会員
国語科教育実践研究サークル「月曜会」主宰
著書『国語授業のいろは』（三省堂）
『仰げば尊し、我が教え子の恩』『茶髪と六十路』
『あなたは幸せを見つけてますか』『姑三年、嫁八年』
『国語教室の窓』『おッ！見えた、目ん玉が！』『80代の今と50代の昔とをつなげてみれば』（以上津軽書房）
共著『少年少女のための〈谷の響き〉』（弘前市立弘前図書館）
その他教育関係図書
訳書『学問のすすめ—福澤諭吉』『福翁百話—福澤諭吉』
（以上角川ソフィア文庫）

九十路《ここのそじ》を楽《たの》しむ
—今古（きんこ）もじり和歌集—

二〇二四年一一月五日　発行

定価はカバーに表示しております

著者　佐藤きむ
発行者　伊藤裕美子
発行所　津軽書房
〒〇三六—八三三二
青森県弘前市亀甲町七十五番地
電話　〇一七二—三三—一四一二
FAX　〇一七二—三三—一七四八
印刷／ぷりんてぃあ第二
製本／エーヴィスシステムズ

ISBN978-4-8066-0259-0